Q

**Rosalind Belben**

# GUT und SCHÖN

Roman

Aus dem Englischen von
Hannah Harders

Verlag Klaus Wagenbach Berlin

Mein besonderer Dank gilt dem Berliner Künstlerprogramm des DAAD, dem Royal Literary Fund, dem Literarischen Colloquium Berlin, Freunden und Bekannten.

Die Originalausgabe erschien 1989 unter dem Titel
*Is Beauty Good* bei Serpent's Tail, London


Verlag Klaus Wagenbach, Ahornstraße 4, 1000 Berlin 30
Umschlaggestaltung: Rainer Groothuis unter Verwendung des Gemäldes *Modernes Idol* (1911) von Umberto Bocconi (der Rechteinhaber möge sich bitte beim Verlag melden)
Satz aus der Times schmal von Mega-Satz-Service, Berlin
Druck und Bindung durch die Druckerei Wagner, Nördlingen
Printed in Germany. 
ISBN 3 8031 0172 7

Inhalt

# DAS UNERSÄTTLICHE RAD

## Der Alptraum

Und so starrt Fritz aus dem Fenster, während er in einer dieser altersschwachen Berliner Straßenbahnen, die sie im Osten noch haben, nach Hause fährt, und plötzlich trifft ihn, denkt er, das Paradox: wenn das, was häßlich ist, mir nicht als häßlich auffiele, denkt er, dann könnte ich es ruhig anstarren, dann wäre meine Fahrt nach Hause gar nicht so schlimm; wenn es mir egal wäre, wenn jedes Gebäude, ob alt oder neu, mich gleichgültig ließe, dann wäre meine Fahrt nach Hause keine Sache der Augen, sondern ich würde einfach nur durchgeschüttelt und könnte träumen von Kaffee und Keksen und manchmal Kuchen; und meine Fahrt wäre eine Wohltat; eine Erholung, denn ich bin garantiert erschöpft. Wenn wir so empfänglich sind für das, was wir als schön empfinden, und für das, was wir als eine Beleidigung dieses Sinnes empfinden, ist Schönheit gut? fragt sich Fritz.

Und, während er sitzt oder steht, mit Feldstecher, in Uniform, an einem Übereckfenster in einem Turm über einer schmutzigen, weißen Mauer, sagt er zu seinem Freund, die Frau da, die mit dem Zug durch Felder voller Dunst und Nebel und trübem Sonnenlicht gekommen ist, satt mit Morgenfrühe, wenn die Umrisse der Pferde aus der vorbeiziehenden Landschaft auftauchen und wieder verschwinden, die Frau da hat im Zug über Pferde nachgedacht; und darüber, wie Pferde ins Weite starren können und zufriedene Geräusche mit ihren Nüstern machen, eine Aussicht zu genießen scheinen, einen schönen Tag, eine Landschaft mit Dingen in ruhiger Bewegung, wie sie Sonne zu mögen scheinen, Sonne, kühl genug, um zu wärmen und dennoch keine Fliegen zu bringen; eine Art, meinst du nicht, ästhetisches Verständnis zu besitzen scheinen für das, was sie umgibt; eine Vorstellung von Schönheit. Die Frau da? sagt sein Freund. Genau die, sagt Fritz. Er sagt zu seinem Freund, was ist Sinn für Schönheit wert, wenn er eben auch Sinn für Häßlichkeit mit sich bringt, und für Abscheu und Kummer, sobald wir mit Dingen zu tun haben, die unseren Schönheitssinn beleidigen? Und warum rümpfen wir unsere metaphorische Nase über Fleisch, in dem die Maden der Schmeißfliege herumkriechen, wenn es doch eigentlich schön ist zu sehen, wie faulendes Fleisch gesäubert und aufgegessen wird.

Wovon träumen Pferde, frag' ich mich, sagt er; von schönen Aussichten? und sauberer, klarer Luft? und Sonne auf ihrem Rücken, von einem frostigen Morgen, geladen mit Witterung? Wir betrachten die Hunde, während sie träumen, und sehen, wie ihre Beine arbeiten und hören ihr Kläffen oder ein grunzendes Echo lauten Gebells, und ihr Fell zuckt, sie schnaufen, und wir wissen, sie jagen hinter einem Kaninchen her oder rasen um einen Stechginsterbusch, begegnen mutig seinen Dornen und spähen hinein; aber wovon träumen Pferde?

Wir verspüren Schmerz, sagt Fritz, weil wir Schmerz verspüren müssen, er bewahrt uns davor, daß wir uns verbrennen, verletzen, oder blind in eine Gefahr laufen, uns die Knochen brechen; aber wovor bewahrt uns ein Sinn für Schönheit; welchen Zweck hat es, daß wir erschauern, wenn wir an etwas Häßlichem vorüberkommen; an Schönheit ist wenig, das mit Moral zu tun hat; oder bestärkt sie in irgendeiner Weise unsere Erkenntnis des moralisch Guten: ist Schönheit gut?

Warum müssen wir uns ständig selbst beschreiben, was wir sehen? Gebäude und Menschen und Gemüse und Kleider, einen staubigen Wind, der in den Straßen weht, warum müssen wir zu allem unseren Kommentar abgeben, zu Armut und Elend und Gier und Unfreundlichkeit, Krankheit und Niedergeschlagenheit. Warum kümmert uns das? Warum kümmert uns sogar unsere eigene Müdigkeit und Einsamkeit. Und wenn wir ihnen so widerwärtig sind, warum kommen sie dann und starren uns mit offenem Mund an?

Ich fahr' nach Hause, sagt Fritz, nachdem ich den ganzen Tag lang durch den Feldstecher häßliche Menschen gesehen habe, die ganzen häßlichen Menschen, die ganzen häßlichen Gebäude, die ganze Häßlichkeit, und ein paar bessere Sachen, schöne Menschen, hübsche Gebäude, Sachen, die mein Auge erfreuen, nach Hause zu meiner Mutter, die einfach ist aber geliebt wird, der man vertraut, zu meinem

Abendessen, das ebenso ist, zu meinem Bett, das bequem ist, mich in seinen Armen hält, damit ich träumen kann.

Ich verschlucke eine goldene Krone beim Abendessen, also muß ich am nächsten Morgen meine Scheiße auseinandernehmen, und am Morgen danach auch, und das findet meine Schwester zum Kotzen häßlich, obwohl sie ja nicht hinsehen muß, und was ich überhaupt nicht ekelhaft finde, weil ich mich nur dafür interessiere wie schön es ist, wenn ich meine goldene Krone finde.

Wo kämen wir hin, sage ich zu meiner Schwester, wenn wir nicht scheißen würden, ist doch eine harmlose Methode, sich von etwas zu befreien. Harmlos, sagt sie, mit all den Krankheitserregern drin? Schlimmer, viel schlimmer, sag' ich zu ihr, wenn die Krankheitserreger durch unseren Mund kommen müßten. Wenn eine Sache einen Zweck hat, denke ich, macht sie das schön, die reinigenden Tiere, die Schmeißfliegen, die Würmer und die Maden?

Wir haben Mechanismen zum Neutralisieren, sagt Fritz zu seinem Freund. Ich frage mich, ob wir nicht einen zu starken Mechanismus haben, mit dem wir in unseren Köpfen das Häßliche oder das Schmutzige neutralisieren, das Brutale und das Grausame, wir finden uns allzu leicht damit ab, und das ist ein Fehler. Wir haben Köpfe, die das Unbekömmliche schlucken und verdauen und wieder erbrechen als das Bekömmliche.

Ich glaube nicht, daß Pferde das tun.

Ich träume davon, in einen schwarzen Teich zu springen, in dem, ganz tief unten, eine Ruine alter Eisenträger liegt, eine Falle, die irgendeinen Schatz oder ein Geheimnis birgt, die ich kennen und besitzen möchte ohne auch nur einen weiteren Gedanken; aber während ich zum zweiten Mal hinabtauche, überkommt mich plötzlich Angst, ich stelle mir vor, wie es wäre, wenn ich in das Gewirr geriete, die kastenähnliche Konstruktion der Eisenträger, und Luft holen wollte, an die Oberfläche, und in der Falle säße, gefangen zwischen Eisenträgern, meiner eigenen Panik, klettern müßte, und das duster undurchsichtige Wasser, mehr als unerfreulich. Ich könnte nicht verstehen, warum ich hineinspringen und in dieses Gewirr geraten und das Ge-

heimnis oder den Schatz heraufholen sollte, deshalb ließ ich das Springen sein, ich drückte mich davor.
Ich frage mich, ob Pferde ähnlich träumen? sagt er. Ich glaube nicht.
Ob Pferde? oder die Frau da?, sie ist immer noch da, sagt sein Freund.

## Luftfahrt

Nicht der Bote muß gehen, sondern die Botschaft, sagt Sepp. Ich kenne mich da aus, er umklammert fest sein Blechblasinstrument, denn ich spiele ein Instrument, er sitzt in einer Gondel, die hoch über aufsteigende und abfallende Berge schwebt, ich kenne mich ein wenig aus in der Musik, ich weiß Bescheid, ich weiß es, sagt er und läßt die Gondel in der Luft schwimmen, warum sonst treffen wir uns einmal im Jahr oben auf dem Berg, für wen glaubst du spielen wir, die Treuen, die Menge, wir spielen für die Dinge, die hören, Dinge in den Bergen, es gibt Dinge in den Bergen, die hören, früher sind wir mühsam heraufgestapft, drei und dreiviertel Stunden mit einer Tuba, aber wir haben Beine für die Tuba und genauso das Kornett, wir springen nicht mit einer Tuba, wenn wir ankommen, sind das Instrument, das selber springt, und alle da oben ganz Ohr.

Und nimm einmal an, jene Ohren hören am liebsten Bach. Na ja, sie hören sich ganz höflich Johann Strauß an, sie sind für alles dankbar, jene Ohren, denen Kuhglocken und die leichte Brise und der heulende Wind Gesellschaft leisten, und jede Musik klingt seltsam und wunderschön, so hoch, an einem so einsamen Ort, so selten wie die Luft dünn ist, rück' ein Stück weiter, aus den Augen, und die Musik kommt daher als ein dünner Wasserlauf, ein wässriges Geräusch, isoliert, als sei es in einem schmalen Luftkorridor geboren, ein Band aus Musik, nicht Bach, ein winziger, lieblicher kleiner Wasserlauf, und die Gondel schaukelt zu seinem Wortspiel, ganz geheimnisvoll.

Das ist das Problem, überall in der Welt, sagt er. Niemand hört zu. Die Natur hört zu, aber die Natur kann nicht handeln, die Natur ist ausgeliefert. Und wie! Ich denke, solange, wie sich jemand die Mühe macht und eine Tuba mit nach oben auf den Berg nimmt, solange, wie, oh! da ist meine Frau, sie muß laufen, sie hat Angst, mit der Seilbahn zu fahren, nichts würde sie dazu bringen, einfach so hinunter zu fahren. Stell dir vor, sie sieht nie, was die Tuba sieht, in den letzten

Strahlen der Sonne, was für ein Instrument, hoch über den Baumwipfeln, nicht jede Tuba bekommt die Gelegenheit, in der Sonne zu glänzen, ein wunderschönes Glänzen, das pfeilschnell über den Berghang schießt.

Ich bin ganz schön rundlich, die Tuba und ich, wir sind beide rundlich, und an uns ist mehr dran, um die Sonne widerzuspiegeln. Ich bin sicher, die Sonne mag uns, auch wenn Fett unmodern ist, Mode erreicht uns in den Bergen, genau wie Sonne, die Sonne ist stärker, und die Mode ist schwächer, wir halten auf Tradition, wir geben uns mit Tradition zufrieden, und Mode beeinflußt uns wenig. Sepp faßt seine Tuba fester um die Taille. Seine Frau ist ein Pünktchen zwischen anderen Pünktchen, die auch Angst vor der Seilbahn haben, in hellen Baumwollkleidern zwischen den Bäumen, und dann nicht mehr zu sehen. Das Pünktchen da ist meine Frau, sagt er und winkt ihm zu. Alle Pünktchen blicken nach oben, als die Gondel über ihre Köpfe hinweggleitet, sie sehen aus wie lauter Blumen, sagt er. Du kannst ruhig zuhören, denn du sitzt mit mir und meiner Tuba in einer Gondel. Aber ich sage dir. Tubas führen ein zufriedenes Leben, werden umarmt, glänzen, lassen Sonnenlicht pfeilschnell schießen. Ich sage dir, was immer es ist, das der Überbringer deiner Losung hat, es wird fürchterlich behindert von all diesen Leuten, die nur darauf brennen, draufloszureden, zu schwätzen, über dies und jenes zu palavern, ob Schönheit gut ist, bis die Botschaft an sich mit kleinem Babystimmchen ruft, laßt mich durch auf meinem Weg, laßt mich, damit ich weitergereicht werden kann, laßt mich allen Quasselstrippen der Welt die Luft abdrehen, damit ich endlich ankommen kann, denn dafür bin ich da, daß ich ankomme, verstanden werde, nicht in klebriger Hand festgehalten, sondern verstanden werde, damit sich meine Bestimmung erfüllt.

Ich mache mir nichts vor, sagt er und quetscht sich in die Ecke, damit die Tuba es gemütlich hat. Ich spiele mit geradezu inbrünstiger Leidenschaft und bin doch nicht wichtig, wir sollten unseren Instrumenten zuhören und nicht uns selber. Ist es nicht schon immer so gewesen? Unzählige Botschaften, die ganze Geschichte hindurch, die niemals wirklich ankommen. In den Bergen können wir einander hören, und was tun wir? Wir rufen zurück, wir berauschen uns am Klang unserer eigenen Stimmen, wie weit sie tragen, und für praktische Zwecke ist ihre Tragweite nützlich. Wenn wir nur von Ziegen sprechen im Laufe des Tages, ist das in Ordnung. In der Welt, in der Geschichte, gibt es größere Botschaften, und unser Versagen beim Zuhören, beim Verstehen, macht große Geißlein aus uns allen. Der liebe Herr hat genug Sorgen mit den Seinen. Losungen sind ein Fehler, sie nehmen eine Aura an, und die Botschaft, deren Weg sie eigentlich ebnen sollten, wird erstickt. Die Berge haben viel Kampf gesehen, unentzifferte Dinge gehen hin und her.

Und versteckt unter dem steilen Abhang liegt meine Sommerhütte in der eingefangenen Sonne. Der Wasserfall rauscht eifrig, und das leichte Lüftchen klingt hell. Hoch über uns liegt der See, im Gleichgewicht, unsicher, und auf den leisesten Druck, so scheint es, könnte ein Felsbrocken herausbrechen und das ganze Tal, die vielen Täler hinunterrollen, bis in die Ebene. Da ging es auch los mit der Wünschelrute, an einem versteckten See, an einem zarten, dunkelblauen Wasser, von daher soll die Losung kommen, wo Frieden ist, weiter ist kein Frieden, ist Streit, Verwirrung, und Bitterkeit, und mürrische Parteien, kaum ein Flüstern durchbricht die Stille, das grüne Gras, und das Blau, die Frische ist eine Wohltat für das Herz, ich fürchte, eine Tuba hat so etwas an sich, sie macht einen lyrisch, man erblickt Schnee auf den Gipfeln, einen Berg mit einem Gletscher, weißer Schnee, blauer Himmel, kein Zank, keine Eifersucht, kein Herumgetrampel, keine Welt, nicht ein Fetzen Häßlichkeit, Kühe und Ziegen, das ist alles, und man staunt! Im Winter ist es sogar noch schöner. Das unterste Stück ist besonders wild. Ich und meine Frau und die Tuba, wir verbringen da den Sommer, Zank und Streit treibt uns von zu Hause fort. Die unglückliche Botschaft, wie sie ruft, und weint, und sich die Haare rauft; und niemand hört zu; die Berge haben Ohren, aber sie können nicht antworten. Die Tuba rollt und braust, während die Gondel sich selber nach Hause ruckelt. Wenigstens wir, wir sind wenigstens angekommen. Er sagt, ich verstehe nicht, ich verstehe Zank und Streit nicht, oder das Leben, oder meine Frau, bloß Berge, Musik, Botschaften. Und es bleibt uns nichts übrig, als das traurig zu finden. Zeit zum Schlafen, sagt er zu seinem Instrument. Ich wünsche dir eine gute Nacht! Gute Nacht! Ich liebe sie, sie liebt Kleider, was ist ein Kleid, ein Stück Stoff, wie kann ein Kleid sprechen, sie sagt, Kleider reden eine Menge, Kleider quasseln ständig, sind eitle Schwätzer, und sie kann gar nicht genug bekommen bei Kleidern, je farbenprächtiger, umso besser.

## Tränen als Ströme

Ich bin weit weg von zu Hause, denkt Kai, so weit weg von zu Hause, wo ich doch geglaubt habe, immer in der Nähe zu bleiben. Und wer hätte das gedacht, ein richtiges Märchen, wir liegen Schulter an Schulter mit Truppen aus anderen unmöglichen Ländern und kämpfen und streiten wie Babies in den Bergen, um die Menschen zu befreien, wer hätte sich das je träumen lassen. Sie sagen zu ihm, komm, Freund, laß dir eine Parole einfallen, eine Losung, unser Bote muß unterwegs sein, und wir brauchen eine Parole. Was sollen wir rufen, ein Ammenmärchen, oder, der Himmel ist morgen blau, oder, Bälle hopsen hoch, oder einfach und schlicht, Myrte? Kai ist perplex. Er erinnert sich an seinen Kameraden vor langer Zeit, diesen Kameraden, der ständig von Schönheit sprach, ist Schönheit gut, und so weiter. Kai sagt, wieso nicht? Ist Schönheit gut. Sie lachen. Freund, sagen sie, das wird sich sehr gut machen.

Er war ein prächtiger Kerl, ein zufriedener, ein heiterer Mann, der sich mit schrulligen Fragen beschäftigte. Und weniger schrulligen. Wie die Welt dran wäre, vielleicht besser, ohne ein Gespür für das Ästhetische.

Und warum der Geschmack des einen gesund ist und der des anderen krank; und wie jemand Drittes das sehen kann und ein Vierter nicht. Ach, die Redlichkeit der Menschen.

Seine Mutter, die ich oft getroffen habe, hatte ein störendes Zucken, einen Tick, und niemand verstand, wo der herkam, denn das Leben hatte sie nicht übermäßig gebeutelt, und nervös war sie auch nicht.

Ihr armes Gesicht verzerrte sich in einem Krampf, und man mußte einige Minuten wegsehen.

Ich kann mir vorstellen, sagt Kai, die arme Erde verspürt vielleicht einen ähnlichen Tick, meinst du nicht, Erdbeben könnten der Tick der armen kleinen Erde sein, auch wenn nicht so ganz einzusehen ist, warum sie sich so bedrängt fühlen sollte und übel beschimpft. Soll das ihre Reaktion darauf sein, wie wir uns mit ihr abmühen, daß wir den Acker bestellen, daß wir wohl zu schätzen wissen, daß sie Milch und Honig für uns fließen läßt, daß wir ihr Öl und ihre Mineralien, ihre Ernten, und was alles sonst noch in ihr steckt, in ihr wohl zu schätzen wissen?

Ich kannte mal eine Frau, sagt Kai, und egal, wie oft man sie streichelte, und wie heißhungrig man ihre köstlichen Mahlzeiten verschlang und ihr hübsches Gesicht bewunderte, und ihren Hals, und ihre Füße, ihre Beine, sie reagierte mit einem unwilligen Zucken, ist doch möglich, daß es die arme Erde genauso macht. Sie lachen.

Seht euch um, sagt er, wozu sind diese Berge gut, wozu sind Brüste gut, wenn nicht dazu, daß wir ihnen auf dem platten Land nachtrauern und uns elend fühlen. Wenn man Soldat ist, warum muß man dann von Brüsten sprechen, warum müssen sich Soldaten unaufhörlich mit Brüsten befassen? Es ist eine archetypische Beschäftigung. Es kommt alles von den Infanteriemanövern, wo sie einem beibringen, Deckung zu nehmen, wo immer es geht, welche Art Deckung die Natur auch immer bereithält, sich hinter Buckeln zu ducken, hinter der allergeringsten Erhebung auf dem ganzen Terrain, und dabei zuversichtlich darauf zu vertrauen, die Erhebung biete einem Schutz, wo man doch tatsächlich verwundbar ist. Völlig absurd.

Und Erdlöcher. Woran erinnern die euch? Eine ganze Schlacht kann auf dem Körper einer Frau organisiert werden. Wälder und Dickicht, Hügel und Schlupfwinkel, Tränen als Ströme, und Regen, der bis auf die Haut geht, Heckenschützenfeuer, man kann richtig gut auf einer Frau ausrücken. In der Schlucht zwischen ihrer Ober- und Unterlippe, wo Lippenstift den Fels ädert, wie Eisenerz und Kupfer und Rost, und Moos, das sich an ihren Wangen hält, in der Schlucht muß man liegen auf dem Bauch ohne zu husten, ohne sich zu rühren, ohne Wasser oder Essen, das Gewehr gespannt. Und Bayonette. Bringen sie uns nicht immer noch bei, was für antiquierte Methoden sie mit blutrünstigem Schrei in eine Strohpuppe zu stoßen? Und wenn wir Glück haben, schreit unser Gegenüber auch. Bringen sie uns nicht bei, diesen Schrei zu lieben? Und enttäuscht zu sein, wenn er ausbleibt?

Fritz, mein alter Kamerad, war ein Träumer. Er träumte ständig und erzählte mir seine Träume. Aber ich träume auch. Ich habe geträumt, ich wär ein Kaninchen, und mein Bau fiel über mir zusammen, ich war nahe am Ersticken und dachte noch immer, ich bin ein Kaninchen, so, und warum nun wäre ein Kaninchen sein etwas wichtigeres als Erstikken? Soll ich etwa denken, ich bin ein Kaninchen, wenn ich abkratze? Ich hoffe nicht. Sie lachen. Es kann so wunderbar nicht sein, ein Kaninchen zu sein. Und mit meinen Kaninchenaugen konnte ich Zigeuner sehen, wie sie Blechtöpfe machten auf dem Feld, und Wasser floß den Bach hinunter. Wasser ist so beruhigend. Ich sehe so gerne Wasser wie manche gerne Blumen sehen.

Und jetzt müssen wir eine Zangenbewegung machen, ein schönes Manöver, und wir werden uns so glücklich fühlen, wenn sie erfolgreich ausgeht, wie die Mutter meines Kameraden, wenn sich ihr Gesicht verzerrt hatte, es bestimmte ihre Gedanken neu, ihre Welt, ihre ganzen Beziehungen, stellt euch vor, ihr habt eine Art Unordnung, einen Gesichtskrampf, der zutiefst befriedigend ist. Aber man mußte wegsehen, wenn es passierte.

Die Menschen sind so voller Sehnsüchte. Was mich angeht, ich wäre lieber ohne Sehnsüchte als ohne Schönheit. Ich bin weit weg von zu Hause, und ich, für meinen Teil, käme gut ohne Sehnsucht zurecht. Ihr lacht, weil's euch genauso geht. Geht's uns nicht allen so, immer, selbst vor unserer eigenen Tür. Ich, für meinen Teil, käme gut ohne Sehnsucht zurecht. Wenn ich einmal für mich selbst sprechen darf, so denke ich, bitte lacht nicht, daß man sich erst, nachdem man all diesen Unsinn hinter sich gelassen hat, dem zuwenden kann, was gerade anliegt.

## Schwanengesang, Rote Beete Gesang

Und es läuft alles wieder darauf hinaus, daß es an einem zieht und zerrt, ich weiß nicht, bin ich der Käse, die Finger, die Reibe, alles wird zerknabbert. Ich sitze bis zum Hals in gelbem Schlamm, oder ich tauche meine Arme in eiskaltes Wasser, rein und raus, ich liege den halben Tag in Heubädern, und laß die Kräuter an mir ihre Wirkung tun, und welche? was bewirken sie? für wie lange? für was? Es ist eine so traurige Suche, du findest es nie, wenn es dich nicht begleitet, oder nur für kurze Zeit.

Ich habe Karottensaft getrunken, Rote Beete Saft. Ekelhaft. Es ist mir würdelos vorgekommen, dermaßen verzweifelt zu sein, daß ich Rote Beete Saft getrunken habe. Und doch tun die Menschen das, ohne weiter darüber nachzudenken. Sie sagen, wenn du wieder gesund werden willst, darfst du nicht etepetete sein.

Ich bin immer etwas etepetete, oder was sie gemeinhin dafür halten, das gehört zu meinem Charakter. Dann hat meine Schwiegermutter gesagt, du würdest ihr eher erliegen, unwiderruflich, sie spricht in Euphemismen, als Rote Beete Saft trinken. Mag sein. Die Vorstellung, viel Rote Beete Saft hinunterschlucken zu müssen, wär mir entsetzlich. Ich habe noch nie Rote Beete gemocht. Es ist in Ordnung für den, der Rote Beete mag, das Gewöhnliche eben.

Ich höre, die Feindseligkeiten, wie meine Schwiegermutter sich ausdrücken würde, haben mit einer Zimmerdecke angefangen? Einer bescheidenen Zimmerdecke.

Ich kann mit Heubädern fertig werden, und mit eiskaltem Wasser, in Heu liegt Größe, in Wasser, in Gräsern. Rote Beete sind vulgär. Und jeder fängt an, sich zu langweilen, Gesundheit ja und nein ist schrecklich langweilig, Vitalität, das ist etwas, sagt sie und hört auf.

Ich war vernarrt in einen Schwan. Ich besuchte den Schwan, in den ich vernarrt war, immer am Flüßchen. Es war ein ganz wilder Schwan,

ein männlicher Schwan, nicht zahm, sondern unerschrocken, so wie Schwäne sind, und er lebte allein.
Er saß da, schwamm herum, ließ sich treiben, schwer zu beschreiben, was ein großer Schwan in seichtem Gewässer so tut, und wenn er schlief, hatte er den Kopf gemütlich im Rücken vergraben, den Schnabel in den Flugfedern versteckt, er sah mich an und hörte mir zu, und dein Herz fliegt einem Schwan zu, der allein ist, ohne Gefährtin, ich bin oft zu ihm hinaus gegangen, um mit ihm zu sprechen, hinaus an den kleinen Fluß, und er paddelte und schnappte nach dem Gras im Wasser, immer weniger, und er schlief mit dem Kopf auf der Schwinge, immer mehr, und sein Hals wurde schwächer, konnte kaum noch den Kopf tragen und hochhalten, und ich dachte nur an meine Freundschaft, meine Blutsverwandtschaft mit einem Schwan, aber seine Freundlichkeit war seine Krankheit, er war sterbenskrank, und alles, wovon ich träumte, war von mir selber, ich begriff nichts, auch wenn es nichts gab, was ich hätte tun können, diese Schwäne verschlucken das Blei der Fischer und sind vergiftet.
Ich kann es einfach nicht ertragen, wie man sich einbildet, man wisse alles! Und wie alle Lebewesen immer noch geben müssen, immer weiter geben müssen, selbst wenn sie sterbenskrank sind. Ich hätte gerne diese Art Würde. Auf der anderen Seite klagen sie mein Unbewußtes an, sie klagen es der Todessehnsucht und einer kümmerlichen Willenskraft an. Ich wäre gerne frei, um das zu erfahren. Denn als Mensch ist man niemals frei, man wird ununterbrochen angeklagt, von überallher zeigen sie mit Fingern auf einen, und das Ziehen und Zerren geht weiter. Ohne Käsereiben wären wir in der Küche verloren. Es ist eine ermüdende Sache, nie gesund zu sein, und ernsthaft krank zu sein eine noch viel ermüdendere. Ich bin ein Mensch, also, statt dazusitzen, herumzuschwimmen, oder auf meiner Brust in einem Flüßchen zu liegen, unternehme ich Reisen in Schlammbäder, Schwefelkuren, die Berge, suche Kur und Heilung, oder eine kleine, kleine, süße kleine Linderung.
Ich erinnere mich an meinen Schwan. Einen Freund zu haben, dessen Schnabel sich nicht öffnete, um von Rote Beete Saft zu sprechen! Rote

Beete Saft ist das, was aus den Köpfen und Mündern der Leute kommt, wenn sie verlegen sind. Sie spucken ihn aus. Ein Schwan spürt keine Verlegenheit, nicht darüber, daß er alleine ist, nicht darüber, daß er schweigt, nicht darüber, daß er seinen Kopf nicht mehr hochhalten kann. Aber Schwäne sollen, wenn sie mit einem Gefährten leben, den Kopf des sterbenden Gefährten aus dem Wasser halten, damit er, wenn er stirbt, nicht ertrinken muß. Die Menschen zwingen einen, sein Unbewußtes zu befragen, in genau dem Augenblick, wo man es lieber ruhig und still in seinem eigenen Schnabel halten würde.
Wenn es eine Heilung gibt, dann liegt sie im Wasser, das aus den Felsen kommt, voller Mineralien, so stark, daß es einem manchmal auf den Backen brennt. Du brauchst dir nur dein Gesicht damit naß zu machen, und du spürst sein Brennen auf den Backen.
Der Schwan, kennt er Hoffnung, leben Schwäne mit Begriffen wie Hoffnung, und Suche, und Verzweiflung, vielleicht ja. Ich reise in die Berge, weder mit Hoffnung noch mit Verzweiflung, ich sehne mich danach, im Flüßchen zu sitzen oder zu schwimmen und mißverstanden zu werden. Ich möchte von Grund auf mißverstanden werden, wie mein Schwan, es ist eine Wohltat, in seinem Leid übersehen zu werden, keinen Rote Beete Saft die Kehle hinuntergewürgt zu bekommen oder... aber ich glaube, sie versuchen erst gar nicht, das Blei herauszuholen, bis dahin ist es zu spät, die Vergiftung geht langsam, wie die schmerzvolle Suche nach der Gesundheit, was sie machen ist, mit Röntgenaufnahmen das Blei angucken, wo immer es auch sitzen mag, im Muskelmagen, im Vormagen, sie gucken es sich an, und sie schütteln den Kopf, und sie werden sich gekümmert haben, um diesen Schwan, um alle Schwäne, ja, sie kümmern sich, sie überreden die Fischer, kein Blei mehr zu benutzen, die Leute mit Rote Beete Saft und dem ungezogenen Unbewußten im Kopf, sie kümmern sich, sie kümmern sich alle, wir kaufen ihr Sich Kümmern, ich hätte mich um meinen Schwan kümmern sollen, weil ich mich nicht gekümmert habe, konnte ich mir ein Gefühl von Kameradschaft mit meinem Schwan einbilden und dieses Gefühl vom Wesen eines wilden Geschöpfs, von

Leben. Es ist alles unsinnig, es ist unser armer kleiner Kopf, der sich all diese Dinge ausdenkt.

Und wir reisen in die Berge, wiederholt sie, aus allen vier Himmelsrichtungen, und hoffen immer und immer dringlicher, daß die Berge uns das, was sie besitzen, geben, natürlich tun sie es nicht. Die Blumen auf der Alm werden zertrampelt, die Menschen werden erschossen und dürfen nicht in einem Flüßchen sitzen oder schwimmen, wir Menschen sind keine Experten, was in einem Flüßchen sitzen betrifft, und es ist traurig, daß wir nicht die Chance haben, es zu lernen. Das ist das ganze Übel mit unseren Körpern, unserem Gutgehen, unserer Gesundheit, es ist alles ein Durcheinander, ein noch größeres Durcheinander als das in unseren Köpfen, die Chemie und die bösartigen und die gutartigen Dinge, Drüsen und ihre Störungen. Sie sagen, warum diese Berge, warum diese Unordnung, warum tapfere Feindseligkeiten. Ich sage, warum… aber es ist egal, was ich sage, es muß völlig egal sein. Es muß! und sie, diese Frau mit dem Pokerrücken und dem langen, braunen, eleganten Rock, sie starrt für einen Augenblick sehr konzentriert in die Sonne.

Dann muß man sich ganz steif machen.

Es fängt an mit einem kleinen fremdartigen Husten, eher trocken, und die Leute finden Ausdrücke für dich, Hypochonder, und dann plötzlich gucken sie und gucken und wollen dir Rote Beete Saft die Kehle hinunterkippen.

## Ein Wäschestück

Der Berichterstatter sagt, na ja, man sollte eigentlich schrecklich traurig sein, wenn man weiß, man verliert sein Leben; aber er räumte auch ein bloßes Gefühl der Enttäuschung ein. Eine Sonne ließ die Kammlinie der Berge erstrahlen, es war spät, die Dämmerung war kalt gewesen, wenn man sich einer Sache nicht sicher ist, braucht man nur die Frauen herbeizuschaffen, fügt er hinzu, sie haben zwei gebracht, seine Frau und seine Mutter, sie wollten ihn identifizieren, seine Mutter war stark und zuckte nicht mit der Wimper, sie legten an, um ihn zu erschießen; armer Mann, sagte sie, in letzter Minute mag einem das Leben als etwas besonders Köstliches erscheinen, und zuckte die Schulter, als sei er ein völliger Fremder, er starrte sie an, direkt ins Gesicht, er wußte, seine Mama würde ihn nicht mal mit einer Wimpernbewegung erkennen, seine Mutter war aus demselben Holz geschnitzt wie er, sie sagten zu ihr, komm, näher, näher, und sie sagte, unbeugsam, sarkastisch auch, wenn's denn sein muß. Seine Frau stand neben ihr, seine Frau war aus einem anderen Holz geschnitzt, sie war weniger raffiniert, sie brach zusammen, sie heulte und schrie. Ah, Frauen! die Soldaten grinsten. Weil sie den richtigen erwischt hatten, erschossen sie ihn. Es waren nicht seine Verwandten, die ihn enttäuscht hatten, sagt der Berichterstatter, manchmal läßt sich ein Gefühl nicht benennen. Frauen sind dazu da, uns zu verraten, das ist ihr Zweck, ihre Funktion, wie der von Taschentüchern, daß wir uns die Nase mit ihnen putzen.

## Das Sommerkind

Die alte Frau faltet die Hände über ihrem Bäuchlein, sie blickt aus ihrem Fenster, und sie sagt, es ist nicht vergessen, man muß nur einmal die Arroganz der Bahnbeamten erleben, an den Fahrkartenschaltern, auf der Strecke, wie sie sich weigern, unsere Sprache zu sprechen, so tun, als wüßten sie kein einziges Wort, wo sie doch können, können müssen, dafür haben sie eine Prüfung abgelegt, für diesen Beruf, in einem zweisprachigen Land.
Und es gibt Leute, die waren Kinder zu der Zeit, als sie uns einen fremdsprachigen Schulunterricht aufgezwungen haben, als selbst Privatunterricht verboten war, Leute, die den Dialekt sprechen, aber überhaupt nicht richtig schreiben können, nicht schreiben können! Das muß schrecklich traurig sein. Das Gefühl ist noch immer nicht geringer geworden, und die Arroganz der Bahnbeamten gibt dir, sagt sie zu der komischen, kranken Frau mit dem stocksteifen Rücken, eine Ahnung von dem, was es für uns bedeutet hat.
Sie nehmen unser Wasser, sagt sie, sie stauen unser Wasser für ihre Wasserkraftwerke, sie überfluten Dörfer und lassen zum Spott die Kirchturmspitzen aus der Mitte herausgucken, sie haben früher unsere Erze abgebaut und haben sie jetzt aufgegeben, sie beuten die Natur aus, sie nehmen unser Holz, viel von unserem Holz verschwindet in den Süden. Sie haben sich aufgeführt, früher, sie haben sich aufgeführt in einem Land, das ihnen einfach übergeben worden ist. Es war hart.
Ein Kind ist in jenen Tagen zur Schule gegangen und hat nichts gelernt. Es kam nach Hause, und die Mutter sagte, was habt ihr heute gelernt? und das Kind antwortete, wir haben einen Kilosack gelernt. Und die Mutter sagte zum Vater, was ist ein Kilosack? Ein Kilosack? Was meint das Kind? Die Mutter befragte das Kind und wurde kein bißchen schlauer. Wie sollte man auch dahinterkommen? In der Klasse sagte der Lehrer, chi lo sa? chi lo sa? Und das arme Kind ver-

stand Kilosack. Unwissendes, verwirrtes Kind, ungebildeter Erwachsener. Entsetzlich! In unserem Dorf hatten wir eine Sizilianerin als Lehrerin, und sie war nett, sie war gut, und für sie war es auch hart. Sie lud den Lehrer ein, den richtigen Lehrer, der seine Stelle verloren hatte, sie lud ihn zu sich in die Klasse, was liebenswürdig von ihr war und vernünftig. Unsere Lehrer verloren alle ihre Stelle.
Es war besser, als wir Privatunterricht haben durften, davor wurde heimlich im Untergrund unterrichtet, und nach dem zweiten Krieg hatten wir wieder unsere eigene Sprache in den Schulen. Das war gerechter, wir besitzen Autonomie, wir haben Abkommen.
Aber die Zimmerdecke? Wir haben so viele, kostbare Gebilde. Unsere Kultur. Wir haben genug erlitten in zwei Kriegen. Das mit der Zimmerdecke war eine Ausrede. Ein letzter Strohhalm für ein paar Hitzköpfe. Hitzköpfe gibt es überall. Oder vielleicht daß es aus Verwirrung passiert ist, ein Kilosack.
Und was ist mit der Hoffnung für die größere Welt, mit ihren Atomwaffen, wenn wir über eine Zimmerdecke in Streit geraten? Die Mädchen, sagt sie, waren früher damit zufrieden, die Tracht ihres Dorfes zu tragen und kameradschaftlich miteinander zu leben, ohne daß es irgendwelchen Grund gab, aufeinander neidisch zu sein. Dann merken sie so langsam, daß die aus dem Nachbarort hübscher aussehen, also fangen einige damit an, etwas anderes voller Stolz zur Schau zu tragen, jetzt tun sie's alle, hübsch aussehen ist ihnen wichtiger, und die Touristen tun's ja auch. Das Gefühl, wenigstens zu dem Land dazuzugehören, wenn schon nicht dem Dorf, reicht und ist stark genug. Das hat nichts mit Romantik zu tun, das geht viel tiefer, ist tatsächlich stärker als der Einzelne, es ist der Baum, und der Einzelne ist der Mistelzweig, der wächst, wo er kann. Ich vermute, der Mistelzweig denkt auch, ich bin eine Kiefer, ich bin eine Eiche, ich bin ein Apfelbaum, ich glaube nicht, daß der Mistelzweig es besser weiß.
Die Melancholie habe ich von meinem Vater, sagt sie.
Ich war vierzig, als ich heiratete, unsere erste Pflicht gilt den Eltern, und mein Vater wurde vierundachzig, seine geistigen Kräfte verließen ihn am Ende. Ich blieb als einzige übrig, die sich um sie kümmern

konnte, obwohl wir sieben waren, mein Bruder, der Lehrer am Gymnasium war, wurde auf seinem Fahrrad von einem Auto angefahren, auf der Straße getötet. Mein Mann war achtzehn Jahre jünger als ich. Wir waren so glücklich. Der Gemeindepfarrer hatte eigentlich gewollt, daß er eine seiner Nichten heiratete. Aber wir waren so glücklich. Er hatte Leberkrebs. Ich hab fünf Wochen lang an seinem Bett im Krankenhaus gesessen, ich hab den Kopf in die Hand gestützt, die Ellbogen auf seinem Kissen, ich hab fünf Wochen lang auf meiner Hand geschlafen, die Beine hab ich immer runterhängen lassen. Und er hat gefragt, ob er zum Sterben nach Hause kommen könnte, wir haben ihn im Krankenwagen gebracht, er konnte den Tropf dann nicht mehr haben, ich mußte ihm Spritzen geben, ich konnte das, er ist oben ganz schnell gestorben. Ich war krank, ich war schrecklich krank, meine Beine waren krank vom Sitzen und Runterhängen, sie platzten auf, meine Lungen waren voll Wasser, sie mußten leergepumpt werden. Ich hab selber sieben Wochen lang im Klosterhospiz gelegen, sie konnten meine Beine nicht gesund machen, am Ende hat mir ein Kräuterdoktor, ein Naturheiler, Salbe gegeben, Schweinefett, ich konnte plötzlich wieder im Garten graben, ich konnte meinen Fuß fest auf den Spaten drücken, die Wunde bedeckte sich von alleine mit neuer Haut! Er ist nicht unser wirklicher Sohn, er ist adoptiert, mit vierzig war es für mich zu spät.
Er war unser Sommerkind, nicht erwartet, nicht gesucht, seine Mutter ließ ihn in einem Heim zurück, und wir hatten gerade das Telefon ganz neu, ein Freund meines Mannes, ein Pfarrer, rief an und fragte, ob wir das Kind nehmen würden. Er war dreieinhalb und so dünn, seine Backen wie Furchen, Tränen im Gesicht, er war ganz streifig von alten Tränen.
Und das war wunderbar, wunderbar, mein Mann war Lehrer wie mein Vater, und dann wollten wir ihn adoptieren, wir mußten die Mutter finden, wir haben die Großeltern gefunden, und wir haben die Mutter gefunden, man hat sich geeinigt, sie war zufrieden, und wir hatten unser Sommerkind.
Und jetzt ist dieses sanfte Kind umgeben von Soldaten. Die Fremden

in diesem Land bringen so viel Verkehr. Das ist nicht richtig. Er ist neunundzwanzig. Ein Sommerkind zu haben, ist so schön. Heutzutage leben die Menschen zusammen und trennen sich wieder. Ich finde das gräßlich. Gräßlich.
Ich denke, wir haben uns richtig verstanden? sagt sie und streicht sich ihr Bäuchlein wie nach einer guten Mahlzeit.
Sie sind schön in ihrem eigenen Land, sie hätten da bleiben sollen. Ein Kilosack! sagt sie. Sie haben unsere Kultur nicht so wie ihre eigene in Ehren bewahrt, sie haben versucht, uns ihr gegenüber nachlässig werden zu lassen.

## Der Pferde-Engel

Aber das ist nicht originell, bemerkt das zwölfjährige Kind, nichts ist originell! Ich hab ein Stück gelesen, ich glaube, es war von William Shakespeare. Zwei alte Waliser unterhalten sich. Und der eine sagt zum anderen, ist Schönheit gut. Der andere sagt, Schönheit! Ich bekam sie als Fohlen. Ihre Mutter war tot, und ich habe das Kleine mit der Flasche großgezogen, keine leichte Aufgabe bei Pferden, und es hatte von Anfang an ein sonniges Wesen, ich habe es mit Liebe behandelt, und das Tier hat mir das mit jahrelanger treuer Arbeit gelohnt, niemals ein böses Wort zwischen uns, es war so willig, seine Natur war, vertrauen und probieren, es konnte nicht gemein sein, es legte sich mit seinen glänzenden Schultern tüchtig ins Zeug für mich und machte alles, was ich von ihm wollte, bis zu dem Tag, an dem es selber in den Himmel ging. Wenn du mich fragst, ist Schönheit gut, dann antworte ich dir aus tiefstem Herzen, Schönheit war über die Maßen gut. Ein liebliches, dunkles Braun und an den Fesseln seidiges Haar. Ein sanftes Auge. Und der eine sagt, erzählt das Kind weiter, ich kannte mal einen, der nannte sein Pferd Verzweiflung. Jahrelang bestieg er Verzweiflung. Ich glaube, sagt das Kind, es war von Shakespeare.

## Flechten

Und man glaubt, habe man erst einmal seine Lieblingsstelle erreicht, den Ort, den man liebt, von dem man träumt, man würde den Tod in Ruhe und Zufriedenheit annehmen; aber das ist das Letzte, wonach einem zumute ist; an diesem geliebten Ort strotzt man nur so vor Wohlergehen, und man sieht nach vorn; nein, zum Sterben sollte man sich wie ein Fuchs in einer Grube verkriechen und ruhig im Dunkeln liegen und darauf warten, daß einen die Depression überkommt.
Ich versuche, mich selber loszuwerden, denkt sie, sehr intensiv, und mein Unbewußtes gibt sich alle Mühe, mich zu beschützen, mich zu retten und zu behüten. Das ist komisch! Ich erreiche die Stelle. Ich erreiche sie und erinnere mich daran, daß ich jemanden zum Zeugen meines Testaments gebeten habe, der außer sich sein wird, wenn es zu früh in Kraft tritt, also sind mir die Hände gebunden, alles ist sehr bequem. Das Unbewußte hätte mich zur Bank führen sollen, wo die Beamten weniger zartbesaitet sind, einfach unempfindlich. Ich bringe es nicht zu mehr, als die Lieblingsstelle mit einem gequälten Lächeln zu begrüßen, und ich kehre um. Ich bin nicht professionell genug. Kleist war ein professioneller Selbstmörder, denkt sie.
Aber ich riskiere eine verirrte Kugel. Ich werde von verirrten Kugeln magisch angezogen, oder von einem Ausrutscher auf schmelzenden Schneefeldern. Sie wird wieder fröhlicher.
Ich versuche noch immer, Namen an Blumen zu heften, an Berge, an Insekten und Vögel. Eines Tages werden ihre Namen gleichgültig sein, man wird sich ganz einfach nach Bergen sehnen, nach dem Anblick von Blumen, nach dem Summen von Bienen und Insekten. Es wird keine verirrten Kugeln geben, und ich werde die Grube finden. Im Himmel haben Blumen keine Namen. Man wird sich ganz verloren vorkommen. Vertrautsein ist alles. Zwischen unbekannten Gipfeln ist man völlig ratlos, fühlt sich zu Hause nur dann, wenn das Auge auf alten Freunden ruht.

Ich verbringe Stunden damit, denkt sie, mich mit der Natur zu unterhalten, aber wo komme ich dabei hin, antwortet die Natur, und mit einer Stimme, die niemand sonst hören kann, es ist eine vollkommen hermetisch abgeschlossene Diskussion. Ich würde lieber Stunden mit der Natur zubringen als mit allen anderen. Fast allen anderen.

Und wenn mit dem Körper sprechen, ohne den Mund zu öffnen, möglich wäre, wenn Gedanken wie Fledermäuse zwischen uns hin- und herhuschen könnten, husch, husch, hin und her, wie die Tiere sprechen; wenn das möglich wäre; und wenn die Natur uns hören könnte, was dann?

Eine große Leidenschaft ist leicht, so leicht wie die Wände hochgehen. Es ist etwas Subtileres, Unendliches, an das man denkt, und das unser Gleichgewicht bestätigt, es bestätigen würde. Sind wir nicht von der Möglichkeit verlassen worden, miteinander zu kommunizieren? Wir haben Sprache, wir schnalzen mit der Zunge, aber keine Rede. Und gelegentlich trifft man auf ein solches Tier. Was dieses Tier sagt, wird von seinen Kameraden mißdeutet, es kann sich selbst nicht verständlich machen, und so bekommt es eine Reaktion, die es nicht vorausgesehen hat, und es ist verwirrt. Das ist ein beklagenswertes Phänomen. Mit dem Menschen muß es ähnlich sein.

Kunst kann zu uns sprechen, Beethoven und Hölderlin sprechen zu uns aus großer Entfernung, zu manchen spricht sogar ein Gott.

Wenn man hoch in den Bergen ist, sieht man leicht geistesabwesend aus, man kann draußen in der Kälte sitzen, stell' ich mir vor, am Abend, man wird schläfrig. Das spricht von Würde. Sich in eine Gletscherspalte stürzen, um dann emporzutauchen, im Zeitraffer, intakt, tot, aber intakt, an der Gletscherzunge, spricht von weniger Würde, es erfordert Selbstbeherrschung, vielleicht. Ich kann das Innenleben eines Gletschers nicht beschreiben, denkt sie. Dieses Dahingetriebenwerden hört ganz allmählich auf, Schleier legen sich einem vor die Augen, man ist mit seiner Wissenschaft am Ende, während sich ein Gletscher weiterbewegt. Man wird hilflos sein unter dem Ungenannten und Unnennbaren, dem Fels und der Schlange, Wasser. Gleichzeitig rufen uns unsere Gefühle zu, wie klein und deutlich sie sind. Also finden wir genug, um sie neutral zu machen, diese Gefühle, sie auf das uns Nahe zu begrenzen. Sonst nämlich würden sie uns umbringen, uns schicken, damit wir uns selber umbringen. Ich trage eine Tabaksdose bei mir, in die ich meine versteinerten oder schlummernden Tode hineintue; Steine, Fossilien, Samen; und Flechten, an denen man erkennen kann, wie hoch auf dem Berg man ist.

Wenn man Flechten mit einem ungeschulten Blick ansieht, sagt sie, können sie einen glauben machen, sie spiegelten die Welt wider, man findet Geweihe, und Sterne, Blumen, silbergrau oder dunkelgrau, und grün, es ist, als sei grau noch nie so geheimnisvoll gewesen. Aber sie brauchen andere Leben, auf denen sie leben, sie brauchen Freunde. Ich glaube, sagt sie in ihrer düsteren, flechtenfarbigen Stimmung, auch wenn in Flechten etwas ist, das leuchtet, man könnte ein Picknick in den Schnee hinaustragen und sich einen kleinen Vogel als seinen Freund erschießen. Als seinen Freund, an dessen Existenz man auch ein Parasit sein kann. Es muß besser sein, an etwas zu haften als sich zu wälzen.

Und am Ende die Hand von einem Idioten geküßt zu bekommen, ganz nett, von einem hahnenschreienden, eulenkrächzendem Idioten, einem Einfaltspinsel! Nach einem Leben voller Sehnsucht, denkt sie, nach Küssen und Geküßtwerden, ein ganzes Leben lang.

Es überfällt einen wie ein Idiot, wie ein Kind, in wilden Fragmenten, verzerrt und verworren, und wir brauchen so lange, einen Sinn zu erkennen, die Verwirrung auszusortieren, eine solche Verschwendung an Energie auf Seiten des Lebens.

Eine Flechte kann kein Parasit sein, man kann kein Parasit auf einem Stein sein.

Ich träume. Ich habe geträumt, sagt sie, ich wäre mit einem großen Boxer im Bett, von Geistern, die vorüberschlichen, einem großen finsteren Mann und seinen Meßgehilfen, einer Prozession; von dem Zukken des Hundes, seinem Zittern am ganzen Körper; von meinem Zittern; und von der Beruhigung zu wissen, daß die Geister für Oskar, den Hund, sichtbar waren.

Sie wischt sich ein Spinnweb aus dem Gesicht. Man sieht diese mittelalterlichen Räder des Lebens, oder ist es der Tod, und die Menschen, die sich an ihnen festhalten, während sie sich im Kreise drehen, Babies um ein Uhr, in stattlicher Würde um drei, und gegen sechs, im mittleren Alter, wird ihr Haar aschgrau, tatterig um neun, skelettähnlich um elf, man stellt sich vor, das Rad ziehe seine Geschöpfe immer im Kreis herum, aber nein, sie klammern sich daran fest, manchmal haben sie Griffe, und sie sind es, die mit ihrem schwächlichen Gewicht gegen das Rad drücken und drängen, ziehen und zerren, und es zum Kreisen bringen, langsam, langsam. Ohne die Menschen und ihr Festklammern, das das Rad aus seinem Gleichgewicht bringt, würde es unbeweglich verharren.

Du siehst das alles ganz falsch, sagt der kleine Vogel, der Tod ist es, der an dem Griff zerrt.

## Weiterkämpfen

Ich fühl mich wie abgeschnürt, sagt er, ich fühl mich wie abgeschnürt und bekomme keine Luft in der Stadt, und bin ich weiter oben, bekomme ich noch immer keine Luft, ich gehe höher den Berg rauf, wo die Luft würzig und frisch sein sollte, und ich bekomme keine Luft, ich bekomme die ganze Zeit keine Luft, hoch oben auf dem Berg ist das Wetter drohend und schwer, der Wind weht aus Süden, dieser krank machende Schlechtwetterwind, und ich wünsch mir so sehr, ich könnte mich nur einen Augenblick nicht wie abgeschnürt fühlen. Aber man sollte sich vom Wetter das Herz brechen lassen, dazu ist Wetter da, und die Berge müssen düster und kalt aussehen.

Wenn Schönheit zu etwas gut ist, dann dazu, daß wir sie verderben. Sie ist uns gegeben, damit wir beim Spazierengehen den Abfall angucken, wir können beobachten, wie sich die Papiertaschentücher langsam auflösen und zersetzen, sich über Heidekraut, Myrthe und Stein ausbreiten, wir können abschätzen, von welch makellosem Fleck ein Joghurtbecher geworfen worden ist, in den Bergen gibt es viele Joghurtbecher, jede Menge, wir können uns auf Plätzen niederlassen, die nicht dafür gemacht sind, damit sich unsere Hinterteile auf dem Weg aus den Dörfern in den Wald daraufsetzen, sondern damit Zigarettenstummel verstreut werden können, Flaschen liegengelassen werden können, und damit sie mit ihren Kartons und Schachteln wie unsinnige Nester dazu einladen können, daß wahre Kolonien halbverrosteter Dosen sich in der Nähe ansiedeln. Es tut uns gut, wenn wir sehen, daß die Blumen immer weniger werden. Denn wir müssen lernen, uns davon zu verabschieden. Ich bin neugierig, ich zwinge mich weiter, ich würde mein Letztes geben, wenn ich über die nächste Bergkette spähen könnte, und die nächste, um zu sein, ja, zu sein, an einem einsamen und lieblichen See zu sein, nicht nur zu stehen, um weiterklettern zu können. Ich muß sagen können, das werde ich nie sehen, dort werde ich nie sein, oder stehen. Und, ich bin zufrieden. Ich versuche nicht, es mir vorzustellen. Ich schicke meine Gedanken nicht voraus wie einen Jagdhund. Ich lasse sie bei Fuß gehen, in all dem Unrat. Ich bin müde. Ich gebe zu, ich bin müde. Man muß aufhören, so eifrig immer mehr zu wollen. Man muß sagen, nie wieder werde ich die Alpenrose in voller Blüte sehen. Nie werde ich neben dem Enzian liegen. Nie werde ich den Harz der Kiefer so intensiv riechen, wie man ihn hoch oben über dem Rest der Welt riecht. Man muß sagen, wenigstens habe ich ein bißchen kennengelernt, ich weiß, wie es sein könnte, ich habe mal kurz geguckt. Ich habe das nicht geträumt, es war wirklich.

Wenn der Mensch früher einmal in seligem Einklang mit der Natur gelebt hat, so muß er heutzutage lernen, sich an das Gefühl der Entzweiung zu gewöhnen. Wie anders können wir das ertragen, was da alles auf dem Wege der Veränderung auf uns zukommt, mit dem wir fertigwerden müssen. Aber was wir fühlen, oder zu fühlen vermeinen, wenn unsere Augen auf eine Rottanne mit blauen Blüten fallen, auf die Klematis, die sich an kleinen Tännchen emporrankt, oder wenn sich die Wiesen nach Regen erwärmen und die Berge vom Schnee glitzern in dem Licht, das nach einem Sturm leuchtet, wenn wir Alpenveilchen sehen, wild und hoch, auf so hohen Höhen, wo es eisig und bitterkalt ist, und Kissen des violett-roten Steinbrechs, die nach Honig duften, was wir fühlen, ist ein schwacher Abglanz von jenem Einssein mit der Natur.

Es existiert eine neue Welt für Leute, die in die Futtertröge des Viehs scheißen, sagt er, sagt Walther, auf seinen Stock gestützt, Leute, die es nicht besser wissen. Was denkt eine Kuh, oder ein Bauer, der im Wald rosarote Fahnen von Toilettenpapier auf menschlicher Scheiße findet, an Stellen, die das Vieh mit dem Mund berührt, in jedem Kuhstall auf jeder Alm. Sind das die Leute, die die Glocken von den Hälsen nehmen, die eigentlich beim Kauen und Wiederkäuen läuten sollten? Sind das die Leute, die ihre Bierdosen in jede Ritze drücken, jede Spalte im Fels? Sieh dir an, wie die unglückseligen Blumen von den ausgetretenen Pfaden der Touristen verschwinden, wie die aus einem Nebental einen Moment länger bleiben, noch nicht entwurzelt. Aber

Blumen sind dazu da, damit auf ihren kleinen Köpfchen herumgetrampelt werden kann, damit ihnen ihre Füßchen von unten weggepeitscht werden können, wir sollten die merkwürdigen Leute, die sich gegenseitig nicht grüßen können, so tun, als ob verwandte Seelen geradewegs durch verwandte Seelen hindurchgucken könnten, wir sollten sie zu den einsameren Tälern führen, sie würden sie hervorragend zu nutzen wissen, solche Leute vergeuden ihre Zeit nicht. Er blickt durch sein Fernglas, Militärübungen! sagt er voller Hohn, mit zittriger Hand. Das Brüllen einer fernen, winzigkleinen Lawine, der unheimliche Aufprall eines fallenden Steins, es ist alles dazu da, damit wir es nie wieder hören können, man sollte niemals ein Tal für sich alleine haben, ein enges, sanftes und richtig einsames Tal, mit einem Bach, wo die Kieselsteine leuchten, grün vom Kupfer, und weiß und rot und grau, im Wasser, und wo große sahnefarbene Anemonen im Schnee stehen, es ist alles reif, damit wir es verderben, beschmutzen, und ein Regenbogen, der seinen Bogen über die Berge spannt, wie in einer Umarmung, niedrig und nah, Bäume und Gras bemalt mit seinen märchenhaften Schatten, auch sie, da bin ich sicher, auch Regenbögen können wir verderben.
Man muß sich selber zügeln, sich sagen, dieser oder jener Fleck bedeute einem nicht so besonders viel, die Dinge nicht, das Leben nicht, man muß sich selber in Schach halten. Er bringt sein Fernglas an die Augen und starrt ungläubig. Es gibt Leute, denen ist das Leben so unerträglich, daß sie sich selber umbringen müssen, man sollte ihnen einen Gedanken schenken, während man weiterkämpft.

## Hände

Die Bienen können nicht auf die Alm, sagt der Fahrer, sie möchten, sie sagen mir, sie würden gerne auf die Alm wie auch sonst immer, sie sind es im Juni gewohnt, dann kommen sie im September wieder nach Hause, man muß um vier aufstehen, um sie hinzubringen, wenn sie alle da sind, wenn sie benommen sind vom Schlaf der Nacht, dann kann man sie hinaufbringen, und sie können glücklich sein und ihren Sommer verleben, sie können mit ihrer Arbeit beginnen, sie haben viel zu tun, die Alm ist für Bienen das Paradies, und sie tut ihnen gut, es ist fürchterlich, wenn man sich von Bienen sagen lassen muß, sie möchten auf die Alm, und man kann ihnen dieses kleine Vergnügen nicht gönnen, Bienen haben kleine Vergnügen, und sie reden viel miteinander, sie werden weniger zu erzählen haben, mein Vater verstand sich besser darauf als ich, Bienen etwas zu erklären, mein Vater trug die Bienen immer auf dem Rücken.

Bienen haben keine Hände, sagt die Mitfahrerin hinter ihm, sie müssen dankbar sein, wenn sie zur Abwechslung mal getragen werden. Ich frage mich, wie wir es ohne sie schaffen würden.

Hände schreiben und machen Musik, zu Priestern gehören jungfräuliche Hände und zur Arbeit grobere Hände. Ich weiß nicht, wie du fahren kannst, sagt sie mit ihrer schnarrenden, unlogischen Stimme, mit so viel Belastung, die auf den deinen ruht. Sie kennt ihn gut, so scheint es.

Ich habe eine Menge Zeit, sagt er.

Deine Hände sind nicht die Hände eines Dichters, sagt sie. Sie sind fest mit der Erde verwachsen. Die Hände eines Dichters sind weiß und schön.

Ach Quatsch, ruft eine andere Mitfahrerin dazwischen, die hinter der Mitfahrerin hinter dem Fahrer sitzt, es ist schön, wenn man Hände sieht, die mit der Erde verwachsen sind, warum sollten Dichter weiße Hände haben?

Es ist erschreckend seine Hände anzusehen! sagt die alte Dame. Sie reden zu dem jeweiligen Hinterkopf des anderen, deshalb brüllen sie, um durch Motorenlärm gehört und verstanden zu werden.
Dein Dichter, sagt die Mitfahrerin hinter ihr, hat eine Stirn aus Alabaster, in die eine schwarze Haarlocke hängt, feurige Augen und Hosen aus Samt.
Die alte Dame sagt, ja, angenehm überrascht.
Ich bin Bauer, sagt der Fahrer.
Die alte Dame würde sich gerne ein Schnauben gestatten.
Ich mähe morgen, bemerkt er, zu seiner Busladung Frauen mit Einkaufstaschen, der ganze Tag morgen für mich, und der folgende Tag für meinen Nachbarn, und den Tag danach fahre ich den Omnibus. Die Heuernte hat sich verzögert, ungefähr vier Wochen. Der Boden ist voll, erst zentimetertiefer Regen, und jetzt trocknender Wind, und wir haben weniger Sonne gehabt, als wir um diese Jahreszeit erwarten, das Gras ist geschwächt, es fehlt die Dichte direkt über dem Boden.
Der Fahrer pfeift, teils Bach, teils eine selbst komponierte Variation.
Die unten haben ihr Heu, ruft jemand weiter hinter ihm.
Bei denen ist es natürlich wärmer, sagt die alte Dame.
Unser Gras ist härter, sagt er, je höher das Gras wächst, wachsen muß, um so härter die Sorte, deren Gras ist ganz anders.
Und was ist mit dem giftigen Zeugs?
Dem gelben? Das ist gut, wenn es geschnitten ist und trocknet, das Gift geht raus, sagen wir. Alles, was da wächst, ist gut, unser Heu ist das allernahrhafteste, wenn ich eine Kuh wäre, würde ich mich im Winter lieber von meinem als von deren Heu ernähren, wir haben Glück in mancher Hinsicht und unser Vieh auch. Aber wir können nur zweimal mähen, die unten mähen dreimal.
Und das rote? Diese Mitfahrerin sieht es von ihrem Fenster aus.
Der Sauerampfer, auch gut, sagt er. Er legt sich in eine Kurve, die Straße ist sehr eng.
Also, ohne Hände könnten wir die Bienen nicht tragen oder mähen oder unsere Äpfel pflücken, oder melken, sagt er mit einem Grinsen,

wir könnten kein Rad wechseln, wenn man selber ein Rad wechselt, dann ist das befriedigend, wenn man aber am Straßenhang sitzt, die Füße in einen überwucherten Graben baumeln läßt und einem anderen Fahrer beim Radwechsel zusieht, selbst wenn man nicht gern da ist, wo man herkommt oder hinfährt, und Sommerblumen am Straßenrand blühen, das ist komisch! Man sieht den Radwechsel mit Ungeduld. Ein bekanntes Gedicht, sagt er, ein klein bißchen ausgemalt.

Von Goethe?

Nicht von Goethe, sagt er. Als Goethe lebte, gab es noch keine Motoren. Von Brecht.

Ihre Fingernägel! sagt die alte Mitfahrerin.

Was für ein Theater! sagt die andere Mitfahrerin. Hände sind Ebenbilder von Wurzeln, damit wir damit in der Erde wühlen können.

Und mit ihnen schreiben können, Gedichte, malen, Bilder, sagt die alte Dame unverdrossen, einen Bogen halten, Klavier spielen. Was sonst noch, sagt sie unbestimmt. Ich weiß nicht mehr.

Es kann nicht die Erde sein, die einen das nicht machen läßt.

Wenn eine Hand größer ist als die andere, weil sie wie eine Zwiebel in die Erde gesteckt worden ist, müssen größere, ungehobeltere Töne von dieser Hand gehört werden.

Welche Zwiebel wird in die Erde gesteckt? Du redest Unsinn, sagt die viel jüngere Mitfahrerin ziemlich grob.

Und die Dornen? Die Dornen unter den Nägeln, damit wird's noch schriller, oder wie? fragt der Fahrer.

Ich bin kein Freund von Zwiebeln, setzt er hinzu.

Er fährt am Friedhofstor vor, willst du hier abgesetzt werden, meine Liebe, sagt er. Die alte Dame kämpft umständlich mit ihrem Korb. Der Motor ächzt und keucht. Fünf andere stolpern hinaus und gehen ihrer Wege.

Sie sollten mir einen Grabstein aus Bimsstein machen, sagt er.

Die Mitfahrerin, die noch zwei Reihen hinter ihm sitzt, sagt, man kommt nie zum Schluß, immer ist da noch was anderes, das einem auf dem Magen liegt und im Kopf herumgeistert.

Wenn die Bienen verstehen könnten, was Geschützfeuer bedeutet, sagt er … Er bremst für eine Maus.
Ist Ruhe nicht besser für uns? sagt sie. Warum sonst sind wir mit Mündern gesegnet, die sich schließen, und mit Lippen, die sich auf alles pressen können? Und mit Zähnen, die fest auf Kummer beißen?
Unsere Hände sind es, fürchte ich, nicht unsere Stimmen, sagt er, die ein Chaos aus der süßen Luft gemacht haben.
Arme Bienen, sagt sie.
Bittere Galle wird im Honig schwimmen, sagt er. Sie lachen. Er umklammert das Steuer, fester.
Wir lachen! Wir sollten uns schämen.

## Das unersättliche Rad

Das dritte Kind, sagt der Bauer in breitem Dialekt, hat ein kleines Dreirädchen, ein Spielzeugding für ganz kleine Kinder, und es radelt damit los, kilometerweit, mit seinen drei Jahren, wenn niemand guckt, es treibt ihn, kilometerweit zu radeln, in die Berge, mit drei Jahren, auf einem Babydreirad; und die alte Hündin läuft immer mit; ich treffe ihn, kilometerweit weg von zu Hause, und er radelt wie eine Furie durch die Gegend, und die Hündin an seiner Seite, er entwischt, wenn gerade niemand guckt, und die Hündin wie sein Schatten, die Leute sagen, sie beschützt ihn, hat es im Kopf, daß sie ihn beschützt, ich weiß das nicht so genau; und ich treffe ihn weit draußen auf dem Land, und ich rufe ihm zu, Franzi, was machst du hier?, wohin?, und er strahlt und lächelt, nicht ungezogen oder schuldbewußt, und sagt mit seiner Babystimme, Rädchen fahren, in die Berge, sagt er, und die alte Hündin auch; und ich versuche, ihm zu erklären, wie gefährlich es ist, er ist zu klein, um sich draußen alleine, kilometerweit weg von zu Hause herumzutreiben, und er lächelt, und lächelt, und nichts kann ihn aufhalten; es ist mein Rad, sagt er, mein Rad hat Hunger, es ißt, und ich kann es nicht aufhalten, es hat ganz fürchterlichen Hunger, ich und der Hund führen es aus, damit es essen kann; und er winkt mir zu, fröhlich winkt er mir zu, ein Dreijähriger, und los radelt er, seine kleinen Knie stoßen gegen sein Kinn, sein Haar flattert voller Tatendrang im Wind, und seine Babyarme umklammern die lächerlichen kleinen Griffe, als wenn er mitten in einem Rennen wäre, außer Atem und ganz ernst, und die Flanken der Hündin dünn und schattenhaft an seiner Seite, die Hündin sagt überhaupt nichts zu mir; und ich rufe, komm mit, Franzi, du und der Hund, ich nehm euch beide mit; und er sagt, vergiß nicht das Radl von dem Jungen, sein kleines Dreirädchen, sein unersättliches Rad, vergiß nicht sein Radl; er meint sich selbst, den Jungen; wie kann man ein Kind drinnen halten? Ich sage zu seinem großen Bruder, kannst du nicht auf Franzi aufpassen, es ist gefährlich für ihn, wenn sein Radl ihn aufißt, und wir sind alle hilflos, das Kind entwischt, wenn gerade niemand guckt, er findet immer eine Gelegenheit, was wird aus einem Kind, wenn es erwachsen ist, das auf einem winzigen Dreirädchen in die Berge entwischt, ein so willensstarkes Baby, unersättlich; vergiß nicht mein Radl, was immer du tust, sagt er, laß mein Radl hier nicht auf der Straße zurück, kilometerweit von zu Hause, und er lächelt vollkommen unschuldig, vollkommen verschlagen.

## Exil

Ich falle ins Wachsein und denke, ich möchte nach Hause. Aber es gibt kein Zuhause. Ich habe wieder von Möbeln geträumt, zwei Möbelstücken und einem Hühnerhaus. Den beiden letzten Stücken. Ich streichele liebevoll über meine Möbel. Die Eiche strahlt, das ist die einzige Antwort, sagt die hinterste Mitfahrerin, Expertin in Sachen Decken und Barockstuck.

Ich glaube, es ist egal, wo ich bin, ob ruhig und gelassen oder ein einziges Nervenbündel, in den Bergen, in der Stadt, ob ich gut schlafe oder schlecht, es ist egal, ich bin vollkommen verloren, wo ich auch bin. Ich möchte aufgeben. Ich habe Lust, mich zur Ruhe zu setzen. Ich bin müde und brauche Ruhe. Ich bin nicht enttäuscht, aber ich kann meine Gedanken einfach nicht weiter vorausschicken, ich würde sie am liebsten an mich nehmen und in einer Tasche aufbewahren.

Ich gehöre nicht in diese Berge, in überhaupt keine Berge, ich bin heimatlos. Ich halte meine Arme die ganze Nacht auf. Zu wem? und wofür? Gib mir einen Garten, gib mir einen Hund, gib mir Abgeschiedenheit. Es hat einmal einen Garten gegeben, hat Gärten gegeben, voller Abgeschiedenheit, ich muß in ein großes Gut hineingeboren sein.

Als Kind habe ich geglaubt, es gebe einen Busch, der Abgeschieden hieße, jemand kam, um Abgeschieden zu beschneiden, Geißblatt verdeckte Abgeschieden, in Abgeschiedens braunem Gezweig verstecke ich mich, und Spinnen wohnten da, Abgeschieden war der Ort, wo man sein Bedürfnis verrichtete, ich wußte, das war die Wahrheit. Abgeschieden wuchs so vergnügt, daß man ihn bändigen mußte.

Ich hätte gerne einen Garten, der manchmal in seiner Abgeschiedenheit weiß verschleiert ist, in der Dämmerung, mit tiefhängenden Wolken, wie die Himmel meiner Kindheit, sagt sie schroff, in Alpträumen. Ich würde mich tief in die Erdhügel der Obstwiese legen und den Lerchen zuhören, alle vernünftigen Gärten haben eine Obstwiese, alle vernünftigen Obstwiesen haben Erdhügel, die Natur hätte, was sie braucht, mit Weiden, Wasserläufen, Libellen, und Schatten, viel Obst, vielen Blumen, vielen, und Kröten, die altmodischen Gärten hatten Frösche, alle Gärten sollten Brennesselbeete haben und Brombeerbeete, Schilfrohr, Mädesüß, und Schwalben, im Sommer sollten immer Schwalben da sein, sie bringen einem ihre Neuigkeiten, und Turmschwalben mit ihrem Gekreisch, eine Linde, und von allen Bäumen einen, in dem man oben sitzen kann, mein Gang sieht vielleicht schwerfällig aus und mein Bein schlimm, aber ich bin behende, ein Baum mit Kupferblättern, denke ich, und Bärenspinnerraupen, mit nicht allzu maßlosem Appetit, bei starkem Wind kann man spüren, wie sich der Stamm biegt, biegt und beugt, gegen das eigene Rückgrat, man kann, von einem solchen Baum aus, die Ente im Wasser vorüberziehen sehen, die wilde Ente, diesen merkwürdigen Ausdruck im Gesicht, wenn sie glauben, sie sind allein. Ich möchte unsichtbar sein. Ich bin im Matsch-Monat geboren, sōl-mōnath, ich liebe Matsch, Schlammiges und Zermatschtes. Ich möchte unsichtbar sein. Ich habe zu viel an Erscheinung, ich weiß nicht, wieso, ich würde sie gerne abwerfen, nicht nur für einen Moment, wie ein wildes Tier, nein, für immer. Ein Garten ist unheimlich gesellig. In einer Marsch kann man verschwinden und sich von Dingen streifen lassen, ich könnte mich streicheln lassen, ich könnte mich von Pflanzen berühren und liebkosen lassen, Pflanzen haben eine Begabung dafür, sie haben die allerruhigsten Hände, nur wenn man alleine mit Pflanzen ist, berühren und streicheln sie einen, fassen sie einen an. Aber mein alter Freund regt sich noch in seinem Stamm, er muß, bei starkem Wind. Zweifellos gibt es den Geruch von Wachsen und Keimen. Zweifellos gibt es Wasser in dem Graben, zweifellos gibt es da Schnepfen, und Enten mit verzückten Gesichtern, zweifellos haben die Bäume, die einheimischen und die aus fremden Ländern, einige Zentimeter zugelegt, zweifellos, und im Schnee, wenn es schneit, wird der Hermelin Spuren hinterlassen. Besser, so etwas nie gekannt zu haben, wenn es dann das war, was Schönheit war, sich still danach sehnen zu müssen.

Ich frage mich, ob es so geht, wenn man senil wird, die flüchtigen Momente der Hellsichtigkeit ertragen zu müssen.

Die Ente kann aus dem Garten hinausgeworfen werden, sagt sie, wenn sie die Grenzen ihrer Natur überschreitet und herumstreunt, aber wenn ein Geschöpf zahm ist, und wild, obwohl wir es füttern, kennt es kein abgestecktes Gelände, die unschuldigen Kreaturen lassen sich nicht bändigen, es hat keinen Sinn, sentimental zu werden, wenn eine zahme, herrenlose Ente, keine Wildente, jedes Stückchen probiert und mit ihren Schwimmhaut-Füßen in den Blumen herumtrampelt, wenn sie übergreift, wie wilde Pflanzen in der Marsch, Bärenklau, Ackerwinde und Nessel auf die Orchideen übergreifen, wenn sie ganz einfach zur Plage wird, dann wird eine Falle mit einem Mandelhörnchen aufgestellt werden und zufallen und auf Wiedersehen, Ente, verbannt, schwimm oder versinke in einem fernen Teich.

Ich frage mich, ob sie lebt.

Das Schwierige beim Stuck ist, sagt sie, ein grauhaariges Persönchen mit kurz geschorenem Haar, daß man ihn nicht präzise restaurieren kann.

Aber wir messen dem blöden Zeug viel zu viel Bedeutung bei. Gips sollte seine Grenze haben, allerdings, wenn man sich diesen Engel ganz genau ansieht, fällt einem auf, eine Hand hat diesem Gefüge beigebracht, zusammenzuhalten, eine Hand hat einen rosa und blauen Engel aus Staub geschaffen, aus Sand, aus Kalk, und im Körper wird das Haar von wilden Tieren versteckt sein, manche Hände verstehen sich gut darauf, mit Engeln ein paar Worte zu wechseln, manche Hände schlecht, viele schrecklich, man kann jetzt nur noch eine kleine Erinnerung daraus machen, eine liebe, kleine Erinnerung, sie hält den Dialekt in Ehren, und die Hand, die ursprünglich den Engel geschaffen hat, brachte ihm nicht bei, zu sprechen, machte nichts weiter als einen Engel, in den Zeiten, die keine Motoren kannten, als anständige Engel weder das eine noch das andere Geschlecht hatten, ein Engel, seiner Anschauung entsprechend, spricht er zu uns, also müssen wir einen sprechenden Engel machen, was kompliziert ist, jemand hat

mal den Gips berührt und gestreichelt, wir fassen kindlichen Gips an und ersuchen ihn, alt auszusehen.
Ich habe mich früher immer gefragt, wie bald sehen die Möwen, wenn sie vorüberfliegen, das Meer?
Dann hört die hinterste Mitfahrerin auf, nachzudenken, das letzte Ausschlagen eines bereits ohnmächten Pferdes.
Die Alpenrose beginnt zu blühen, die mausgrauen und die roten Kühe bimmeln mit ihren Glocken, der Himmel ist weit offen, Sonne ergießt sich über die Berge, Ziegen laufen durch die Schneefelder, irgendwo gibt es Gletscher, und sie wandern. Leise summt die Brise.

# PFAUENINSEL

## Osterglocken

Wenn sie ins Gras beißt, muß ich ihr Osterglocken aufs Grab pflanzen, sie wird das nicht vergessen, sie vergibt das nicht, ich habe unfreundlich gelacht, obwohl eigentlich ich Schuld war, ich habe ein Netz mit Osterglockenzwiebeln gekauft und in den Gemüsekorb gelegt, sie hat sie genommen und wie gewöhnliche Zwiebeln aufgeschnitten, die Haut abgezogen und sie gekocht, mehr oder weniger ganz, zusammen mit Kartoffeln, als sie gar waren, hat sie gemerkt, daß sie meine Osterglockenzwiebeln genommen hatte, wieso man merkt, daß Blumenzwiebeln keine gewöhnlichen Zwiebeln sind, wenn sie gekocht sind, und das übersieht, wenn sie roh sind, kann ich mir nicht erklären, vielleicht bringen Osterglocken einen zum Weinen, sie und ihre Freundin, die, die auf einen Happen gekommen war, die Frau, die lila Strickjacken trägt, zwei übereinander, sie fanden es albern, die Kartoffeln zu verschwenden, die eine sagte der anderen, es wäre in Ordnung, wenn sie die Osterglocken herausfischten, und dann aßen sie die Kartoffeln, die zusammen mit Osterglocken gekocht waren, und wurden sofort von entsetzlichen Krämpfen gepackt, konnten nicht einmal mehr zum Telefon, krümmten und wanden sich am Boden und wurden vom Sohn des Bäckers gerettet, ein braver Junge von fünfzehn, er rief einen Krankenwagen, sie schafften es gerade eben, sie kamen durch, und wenn man sich vorstellt, der Bäcker hätte sein Brot nicht austragen lassen und nicht um halb zwei! Oder sollen Zwiebeln auf ihr Grab? Tränen steigen ihr in die Augen. Ich denke, sie geht mit erhobenem Arm vor dem Gesicht durchs Leben, um die Schläge abzuwehren, hat sie deshalb nicht bemerkt, daß Osterglocken keine Zwiebeln sind? Tränen strömen aus ihren Augen und kullern ihr die Backen herunter, und ganz am Ende lächelt sie. Und was, wenn der Sohn des Bäckers beim Anblick von zwei Frauen, von zwei sich krümmenden Frauen am Boden, eine in zwei lila Strickjacken, als er höflich durchs Küchenfenster spähte und wartete, was, wenn er das Brot vor die Tür geworfen hätte und ums nackte Leben gelaufen wäre, wer hätte ihm das übelnehmen können, ich mit fünfzehn, beim Anblick von zwei Frauen am Boden, sich krümmend oder nicht, wär ums nackte Leben gelaufen, er war so geistesgegenwärtig, daß er die Türklinke herunterdrückte und, als er dann die beiden Frauen fand, sprachlos, längst nicht mehr in der Lage, etwas anderes als Spucke und Schaum hervorzustoßen, unser Telefon zu benutzen, ich hasse das Telefon, habe es immer gehaßt, die Kartoffeln in Osterglockensoße dampften noch auf dem Tisch, wirklich ein Glück, daß der Sohn des Bäckers die dampfenden Teller mit den sich windenden Frauen am Boden in Verbindung brachte, diese armen Teller, die sie wegwerfen wollte, ich hatte sie abgewaschen, während die beiden dasaßen, und wir konnten die Osterglockenteller nicht von den anderen mit gleichem Muster unterscheiden, sie wollte alle Teller wegwerfen, nicht in den Abfalleimer, sie dachte daran, sie im Garten zu vergraben, es sind sowieso schon reichlich Scherben in der Erde, ich stoße oft auf welche, vielleicht haben ihre Besitzer ebenfalls Osterglocken gegessen, vielleicht hängt an dem Haus eine ganze Legende von Osterglocken-Mahlzeiten, mich wundert, daß wir nicht jede einzelne Osterglocke mit der Zwiebel herausziehen mußten, die hübschen kleinen wilden und all die modisch gezüchteten, und die Narzissen, wir haben das nicht gemacht. Wenn sie dermaßen abgelenkt war durch Kummer und Leid, daß sie nicht merkte, daß Osterglocken keine Zwiebeln waren, dann hätte sie sich besser nicht Leuten in lila Strickjacken anvertrauen sollen, während der heißen Monate werden die Strickjacken um die Hälfte reduziert, und eine unpassende Weste wird darunter getragen, was unterhalb davon kommt, sieht man gar nicht mehr, es ist alles ein ziemliches Einerlei.

Das arme Mädchen wird vom Kummer geplagt, Frauen neigen zu Kummer und schwelgen in ihm, sie hegen ihr Leid, als könnte es Apfelblüten treiben, wenn ich der Sohn dieses Bäckers gewesen wäre, ich hätte ihnen das sehr übel genommen, aber ich glaube, er ist Marinescout, er ist geübt in schwierigen Situationen, er war imstande, den Ärzten im Krankenhaus zu sagen, daß Osterglocken das Problem wa-

ren, ich begreif einfach nicht, wie er so schlau sein konnte, er war damals nicht älter als fünfzehn. Die Brotbestellung wurde nicht erhöht. Frauen werden vom Kummer geplagt, weil Männer mit ihren Osterglockenzwiebeln daherkommen, die sie im Gemüsekorb liegenlassen und Frauen damit geradezu zu einer solchen Dummheit herausfordern, und weil Männer ihr ganzes Leben lang Osterglockenzwiebeln leicht mit gewöhnlichen Zwiebeln verwechseln könnten und es irgendwie doch nicht tun, sie sagt, Frauen können dem nicht entkommen, sie haben ständig mit Zwiebeln zu tun. Gerade ich bin der Typ, der mit größter Wahrscheinlichkeit Osterglocken mit Zwiebeln verwechselt, ich hätte mich leicht gefährlich krank unter meinem dampfenden Teller am Boden winden können, keiner Frau, die noch recht bei Verstand ist, würde so ein Ausrutscher unterlaufen, aber allein die Tatsache, daß sie Frau ist, bedeutet für sie schicksalhaft, daß sie sich sehr häufig in einem leicht abwesenden Zustand treiben lassen muß, nicht bei Bewußtsein, ohne, ich kann nicht begreifen, warum die Freundin in lila Strickjacken zu Kartoffeln und Zwiebeln geladen war, hatten sie auf nichts anderes Lust? Von allen Frauen hätte ich mir die als eine vorgestellt, die gerne kräftig zulangt.
Wenn eine Osterglocke rosa und weiß sein könnte, könnte sie eine Osterglocke sein, ihr Gesicht hat einen sehr traurigen Ausdruck, ich bekomme das mit, wenn sie ganz ruhig dasitzt, ihre Mundwinkel hängen, oder ihr Mund öffnet sich, die Lippen auch, als entführe ihnen irgendein fürchterlicher Schrei, sie bleiben still, diese Lippen, ihre Augenwinkel hängen, Falten kräuseln sich über ihren Wangenknochen, es sieht nicht häßlich aus, eher wunderbar. Die meisten von uns sehen Osterglocken als lächelnd, die Farbe der Sonne, sie weinen, sie haben Zwiebeln, was noch dazu kommt, versteckt in der dunklen Erde und giftig, wir alle haben das, es scheint, ich, obschon keine Osterglocke, trage ein schlummerndes Gift in mir, das verstohlen weißes Zeug in meine Erde strahlt, meine Zwiebel hat eine Frühlingskraft, wir Menschen sind eine Menge böser Zwiebeln. Ich vermute, wenn man nachfragt, sie hätte nicht lange nachgedacht, ich glaube nicht, daß sie gelogen hätte, Gesichtsausdrücke sind komisch, sie zeigen so viel, mehr,

als wir wissen, auch wenn sie im gleichen Augenblick flüstern, ich kann nicht, ich kann es nicht sagen, ich bin mir dessen nicht bewußt, es sprudelt nach oben aus einer Tiefe, und zum Glück, könnte man sie noch sagen hören, wenn du das so beschreibst, sprudelt keine häßlichere Empfindung nach oben, sie braucht keine Angst zu haben, es ist kein gemeiner Ausdruck, allerdings verwirrend, ich habe keine Ahnung, was es ist, das sich da in ihrem Gesicht ausdrückt, wenn sie sich selbst sehen könnte, sie wäre erstaunt. Mag sein, daß ich blind für ihren Kummer bin, mag sein, daß sie recht hat. Es steht einem nicht zu, Anerkennung für all die kleinen Sorgen zu verlangen. Eine Osterglocke scheint ein unkompliziertes Lächeln zu lächeln und bloß darum zu bitten, daß niemand auf sie trete, trotzdem erleiden Osterglocken Unrecht, mit dieser Zwiebel voller Gift, wie könnte es ihnen wirklich schaden, ich würde eher über eine Osterglocke stolpern als daß ich eine dazu brächte, sich zu krümmen. Häusliche Sklaverei, ein Leben voller Zwiebeln und Tränen, und ohne eigenes Geld, den Zwiebelgeruch an den Händen, das ist es, was diesen Ausdruck in die Gesichter der Frauen bringt, erwidert das alte Mädchen, das erklärt mir nicht, warum sie das Gesicht einer Osterglocke hat und die lila Strickjacke das einer dicken Bohne.

Und lächelnd, oder abgeschnitten und noch immer lächelnd, schäumen Osterglocken aus ihren Wunden, ihr Speichel läuft einem über die Hände, würden sie lieber zertreten oder abgeschnitten werden, wenn sie zerdrückt werden, bleibt wenigstens das Lächeln, tapfer lächeln sie weiter, Augen und Mund verzerrt, es ist komisch, daß Frauen sich meisterhaft aufs Blumenschneiden verstehen und keine Qualen leiden und nicht aus ihren Wunden schäumen, wenn man zertreten und abgeschnitten würde, man würde, läßt sich vorstellen, klumpfüßig werden, aber das geschieht nicht, das Gesicht verliert nie seinen schmerzlichen Charme, und es lächelt, und lächelt, die Osterglocken im Garten mögen schreien, aber sie behalten ihre lieblichen Gesichter.

Aus ihren Wunden schäumend tauchen sie die Hände ins Abwaschwasser, lodernd zerbrechen sie Teller und vergraben die Scherben im Garten, und, prosaisch, praktisch, verachten sie Gefühlsregungen, man kann sich keine Gefühlsregungen leisten, wenn man dazu verurteilt ist, hübsch auszusehen, auch wenn Augen und Mund verzerrt sind, zertrampelt und unbeachtet, so viele von ihnen, die wogen und lächeln und schreien und diese unerbittlichen Pflichten mit Staubsaugen und Eierkochen erledigen, und Sardinen entgräten und weit schlimmeres, nur wer zwei lila Strickjacken übereinander trägt, kann abgestumpft aussehen, eine Kreuzung, die ihren Duft verloren hat, die Gabe verloren hat, durch Tränen hindurch zu lächeln.

Das alte Mädchen ist böse, weil ich mich lustig mache, sie füllt Blumenvasen mit Zwiebeln, sie stehen überall im Haus herum, und die Frühlingsblumen liegen da ohne Wasser, leiden im Gemüsekorb, und wir werden das nie vergessen dürfen, die im Garten sind gleichermaßen dazu verurteilt, im Sturm zu wogen, hübsch auszusehen, zu verwelken, mit Anmut alt zu werden, zertreten zu werden. Oh, oh! jammert die lila Strickjacke, die auch ein bißchen mehr Grips hätte beweisen können. Die im Krankenhaus waren freundlich, in Krankenhäusern kennen sie sich nur mit Schnittblumen aus.

Die Hände in Zwiebeltaschen, das Leben ständig unterbrochen, müssen sie sich daran gewöhnen, die weniger geliebten, weniger bevorzugten Geschöpfe der Natur zu sein, so wie ein weniger geliebtes Kind.

## Florus

Ich habe noch immer Vieles, was ich Florus sagen möchte. Ich habe geträumt, ich hatte einen Hund verloren, nicht ihn, drei Hunde begleiteten mich, oder vier, wir gingen durch einen tiefen Wald am Abhang eines Hügels, wilde Rosen blühten, die Hunde sprangen rauf und runter, rannten mir ständig über den Weg, und bald war die älteste Hündin nicht mehr bei uns, wir hatten sie verloren, Tunnel liefen unter unseren Füßen her, irgendwelche Steinarbeiten, Schwärze öffnete sich, wenn man den Farn teilte, Dampf entwich aus Spalten, wir folgten den eigenen Spuren zurück, die anderen Hunde und ich, wir riefen, wir suchten, sie guckten, sie drehten die Köpfe, ich rief und rief und pfiff, sie lauschten, wir durchforsteten alles bis zur Erschöpfung, wir gingen nach Hause, ich ging alleine raus und machte alles noch einmal, ich ging nach Hause, ich ging raus und traf auf jemanden, der behauptete, er habe einen Mann mit einem Hund gesehen, seiner Beschreibung nach dachte ich, das alte Tier sei gestohlen worden, wäre bereitwillig in ein Auto gesprungen und hätte sich wegfahren lassen, bis mir klar wurde, der Mann hatte mich gesehen, mit einem Hund, der ihr ähnlich sah, aber es war nicht das alte Mädchen, eine Stunde lang machte ich mir die allergrößten Sorgen, ich ging nach Hause, ich döste ein, ich ging raus, ich fand sie neben einem Heuschober, auf halbem Weg nach Hause, sie hätte noch meilenweit laufen müssen, ihre Pfoten waren wund, wir weinten, als wir uns wiederfanden und sagten nicht viel. Ich habe noch immer Vieles, was ich Florus sagen möchte. Ich träume oft von diesem langgestreckten Abhang, diesen wilden Rosen, Hundsrosen.

Ich weiß nicht, was ihr wohl durch den Kopf gegangen sein mag, während sie neben dem Heuschober ausruhte, als sie mich ansah, lag in ihrem Gesicht keinerlei Wiedersehensfreude, ihr ganzer Körper drückte große Erleichterung aus, ich weiß nicht, was sie wohl gedacht haben mag, als sie merkte, sie hatte sich verlaufen und war allein zurückgeblieben, sie muß hin- und hergerannt sein, kilometerweit durch den Wald, auf der Suche nach uns, verwirrt durch unsere Fährte, voller Angst und Entsetzen, bis sie sich dann entschied, nach Hause zu laufen, ich weiß nicht genau, wie der Instinkt die Richtung nach Hause weist, oder was sonst durch ihren Kopf gegangen sein mag, oder ob sie hinter den Hecken oder den Abhang entlang gelaufen ist, oder was sie vor neugierigen Spaziergängern bewahrt hat, oder was sie dazu getrieben hat, sich neben dem Heuschober niederzulassen, wenn sie unter dem Tor durchgekrochen oder über die Mauer gesprungen wäre, was sie wohl gedacht hat, was ich getan hätte, was für Gedanken gehen einem Hund durch den Kopf, der allein ist, mit welcher Ernsthaftigkeit geht sie das Problem an, wie mischen sich da Nachdenken und Instinkt, oder wie sie wohl zu Hause angekommen wär, und wann, sie wär ohne jeden Groll zu Hause angekommen, das weiß ich. Ein auffälliger Hund, sie lag unter einem Heuschober, wachsam, aber weit weg, verträumt, gab sich alle Mühe, so unauffällig wie möglich auszusehen, kurz vor dem Dunkelwerden habe ich sie gefunden. Es ist unerträglich, immer noch.

Ich habe mehr als die Hälfte meines Lebens Essen für andere Leute auf den Boden gestellt, vielleicht die meiste Zeit, das setzt eine besänftigende Flüssigkeit im Magen frei, Tiere füttern hat ein damit verbundenes Gefühl, ähnlich, als streiche einem jemand übers Haar. Die Gerüche seines Futters, roh und wenn es kocht, ich habe sie in meiner Nase, bis ich umkippe, sogar der Vorgang, wie ich mich hinunterbeuge, um Teller auf Hocker zu stellen, er hat sich mir tief eingebrannt, Essen auf dem Boden oder auf Hockern, je nachdem, für wen, oder was man füttert, auf Beineslänge. Florus aß nicht alles, aber er stellte sich auch nicht an. Ich brauche das, Essen für Leute auf den Boden stellen und das Gefühl haben, als streiche mir jemand übers Haar. Es ist Instinkt, so wie es Instinkt werden muß, will man jeden Tag darauf achten, daß das Eis auf dem Wasser der Pferde zerbrochen wird. Vielleicht wartet Florus, daß er gefüttert wird, ich weiß nicht, und versucht zu verstehen, halb nachdenkend, halb instinktiv. Ich habe mir immer gedacht, es müsse ein Alptraum sein, heutzutage

Pferde zu halten, wo Pferde über Nacht von ihren Feldern verschwinden und man monatelang die Gegend nach ihnen durchkämmt, außer sich, mit klopfendem Herzen.

Ein alter Hund geht ganz in seinem Älterwerden auf, aber Florus war gesellig, lief nie ohne ein Lächeln vorüber, wir gingen nie aneinander vorbei, im Haus oder im Garten, ohne uns gegenseitig irgendwelche Zeichen zu geben, ein Lächeln, eine Antwort, man kann ihm nicht alles sagen, was man im Kopf hat, es ist physisch unmöglich, man kann die Tür zu seinen Gedanken halb offen stehen lassen, ihn nicht aussperren, nur, wenn es sein muß, Florus hat viel von dem, was ich dachte, aufgeschnappt, er steht mit einem Bein in der Welt der Menschen und mit einem in der der Tiere. Ich vermisse Florus im Garten und im Haus. Ich vermisse Florus.

Das kann sehr stechend sein, Abwesenheit und Sehnsucht. Fast ein Jahr. Auf die Woche.

Florus seufzt, und singt, und stöhnt, und hält mein Handgelenk zwischen seinen Zähnen, zieht mich am Handgelenk, am Arm, in den Garten, die Augen auf mich fixiert. Er seufzt vor Vergnügen, bei Schmerz ist er schmerzhaft still, man hört eine angehaltene Stille, vielleicht nicht unähnlich der Stille der alten Hündin auf der windgeschützten Seite ihres Heuschobers. Florus grunzt, und tut so, als wolle er mich am Handgelenk in den Garten ziehen.

Ich wollte unbedingt genau wissen, wie er den Garten sah und roch. Ich folgte seiner Spur und versuchte zu verstehen. Immerhin gibt er sich alle Mühe, mich zu verstehen. Ohne Spürnase konnte das Gefühl gar nicht ausbleiben, daß ich kaum die Hälfte mitbekam. Ich könnte den Fuchs wiedererkennen, Dachs, Kaninchen, Maus, und Federvieh, Pferd, Schwein, ein oder zwei Menschen, die schwitzten, es macht mir Spaß, den individuellen Geruch von Menschen zu identifizieren, man kann das, wenn sie schwitzen, wie riechen Blumen für Florus? Hat er Blumen gerochen? Am frühen Morgen glitzert der Garten mit feuchtem, feinem Spinngewebe, ich und er gehen beide mitten hindurch, Florus versinkt im Gras, oder er berührt Mohnblumen mit seinen Lippen, eine sinnliche Angelegenheit, einen Hund zu beobachten, der

Mohnblütenblätter mit seinen Lippen berührt, eine Spitzmaus huscht durch das lange Gras, Florus steckt seine Nase in das dichte Unkraut und atmet Feuer, und noch ein Stück weiter, und noch eins, quer über den Mist auf dem Rhabarberbeet laufen seine vier Pfoten, die Sonne hängt rot in der östlichen Ecke, die Sträucher berühren uns, wir streifen feuchte Zweige, wenn es im Winter schneit, gibt es Fußspuren, die Hunde wälzen sich im Schnee, zerdrücken vielleicht das, was darunter ist, vielleicht auch nicht, sie schnüffeln im Schnee und lassen ihre Kiefer hängen. Ich war ganz sicher, daß Florus mich liebte. Und man nimmt an, ein Hund vertraut darauf, daß man sich um ihm kümmert. Bei der letzten Eiche kann man stehen und über die Felder blicken, wo die Mücken tanzen, Florus und ich stehen da, jeder für sich, beide zusammen, ein Hermelin wohnt in einem verfaulten Weidenstumpf, es ist Sommer und Winter und Frühling und jeder Garten, der mir halb gehört hat. Florus weiß ganz sicher, irgendwo, ich liebe ihn und werde mich um ihn kümmern. Ich bin hilflos.

Man spürt seinen Instinkt sich regen, Instinkte, die nach Hause weisen, sind verschiedenster Art und Natur. Oder einfach Natur. Ich denke, er liebte den Garten. Ich denke, der Garten vermißt ihn. Ich denke. Hilflos.

Er sitzt neben mir, während ich Unkraut jäte, er stupst seine Nase in die Erde, er zieht Gräser heraus, schüttelt sie, wirft sie über seine Schulter, Florus untersucht Pflanzen, stupst sie hin und her, er will wissen, was ich da den Pflanzen mit meinen Händen antue, ich zeige ihm einiges, er pflückt Brombeeren neben mir, er stöbert herum, in Hörweite, außer Hörweite, wenn ich im Garten herumgehe, folgt er mir, ein paar heimliche Schritte hinter mir, glücklich, mir Gesellschaft zu leisten, und weil er für die meine eine besondere Vorliebe hat; manchmal lehnt er sich gegen mich, still. Ich säge Feuerholz, er ist nahe, mit einem abwesenden Ausdruck auf seinem Gesicht, oder er zieht einen Ast quer über den Rasen, sein Körper wie ein Bogen gespannt, er ist so stark, daß er einen Ast im Vorwärtslaufen ziehen kann, nicht im Rückwärtsgehen, vielleicht war er sogar stärker als ich. Sein Gesicht veränderte seinen Ausdruck, so wie die Empfindung

eines Gefühls einen verändert, wenn sich etwas Besänftigendes oder Verwirrendes in seine Gedanken mischte.
Florus konnte vor Wut kochen und aus der Haut fahren, er hatte Geist, konnte sich wieder beruhigen und ganz brav dahintrotten, er ist mehr Pferd als Hund. Hab ich mir immer gedacht. Wenn wir mit unserem Willen aneinander gerieten, hab ich mich entrüstet vor ihm aufgerichtet, von oben bis unten ich selbst, und meine Autorität, meine Erwartung in die Luft geschickt, so ungesehen und so empfunden wie das Wachsen der Pflanzen, Früchte und Samen, man lernt aus dem Zusammenleben mit Pferden, seine Autorität spielen zu lassen, nicht mit Hunden, bei Pferden gewinnt man nicht, man erwartet und bewundert mit jeder einzelnen Faser, sogar mit seinen Fingern drückt man es aus, wie man seinen Körper hält, seine Augen, wie man seine Gedanken hält, und, auf solche Weise offen, kann man die Hälfte seines Ichs verbergen, stillegen, es ist ein Trick, der nie mißbraucht werden sollte. Ich kann Florus treiben, denke ich, nicht führen. Oder ich lasse ihn in Ruhe, lasse ihn wegtauchen in einen Traum, der nur ihm gehört.
Er beäugt mich, er kann sein eigenes Ich in die Luft schicken, stur wie ein fallender Baum, er weiß, wie er seine Gedanken stillegen muß, für ihn gehört das zur zweiten Natur, ich hätte gerne Zugang zu meiner zweiten Natur, ich tappe herum, ich weiß nicht mehr als das, was ich gelernt habe.
Ein sanftes Lüftchen geht über sein Gesicht, richtet seine Ohren auf, in den Bäumen hängen Äpfel, oder am Wegesrand stehen Primeln, auf dem Weg dicker Matsch, eine Mauer aus Schnee, Eis, Fisch, ein Schwarm brauner Fische schwimmt im Wasser vorüber, es ist früh im Sommer, der Kadaver einer Elster liegt verborgen im hohen Gras, lila vom Tau, Schwäne schnarren über uns, wir gucken und gucken. Florus denkt überhaupt nicht an mich, er läuft über die Felder, er ist bei mir und ist nicht bei mir, selbst wenn er mal für ein paar Schritte neben mir herläuft, jagt er doch in Gedanken über die Felder, eifrig besorgt, nur ja nichts zu verpassen, es ist eine bequeme Übereinkunft, er starrt dem Reiher hinterher, der in den Himmel steigt, immer sind

Flüsse da, ein Wasserschwall, vielleicht ein Hase, und undefinierbare Flecken auf Kohlblättern, eine Bemerkung dazu, unsere Neugierde auf die Welt verbindet uns, eine Bemerkung dazu, er überläßt mich meinen eigenen Träumen, er mischt sich nicht dazwischen, er stört mich nicht, der Schnee fällt, und die Bäume sind still, er zeigt mir, wo eine Eule geschlafen hat oder gedöst während der Jagd. Ich behalte all diese Dinge jetzt für mich, mir bleibt keine Wahl.
Florus seufzt, und singt, und hält mein Handgelenk zwischen seinen Zähnen, und zieht mich am Handgelenk, am Arm, in den Garten, die Augen auf mich fixiert. Es gibt vieles, was er mir sagen möchte. Die Luft ist voller Blumen. Ich kann nichts tun, um ihn zurückzubekommen, nichts. Ich wünschte, er würde nicht an mich denken. Ich wünschte, er würde plötzlich in der Tür stehen. Und er zieht mich wie einen Ast über den Rasen. Ich weiß, wie der Ast sich fühlt, verzweifelt.

Ich habe von der alten Hündin geträumt, sie hatte sich verlaufen, ich entdeckte sie am Ufer eines Sees, sie starrte Richtung Zuhause, mit leerem Blick, ich war irgendwie die Ursache, sie war gestrandet, der See war riesig, sein Wasser hell, Windsurfer stolperten überall herum, Dinghies flogen vorüber, weiße Jachten, weiße Segel, und rote, ein schöner Ketsch, und bunte Spinnaker, nackte Menschen an der Pinne, sie bewegte sich äußerst zielbewußt am Ufer entlang, sie blickte ängstlich um sich, mich zerriß es, einen knappen Kilometer weit weg im See lag eine Insel mit schilfbestandenen Buchten und einem merkwürdigen weißen Schloß, eine weiße Pfauentaube zwischen den dunklen Bäumen, und Gebäuden, halb Trugbilder, halb wirklich, irrsinnig fast, obwohl ein Pony auf einer Koppel graste und Enten sich ins seichte Wasser plumpsen ließen, und Eichen, merkwürdig hoch, Zedern, seltene Bäume, Blumen und Pfau und Springbrunnen, sie hätte zu der Insel hinüberschwimmen können, bloß ein enger Kanal, von der Insel nach Hause, sie konnte nicht schwimmen, sie hatte es nie gekonnt, sie nahm nicht diesen Weg, sondern blieb am Uferrand, von einem Drahtzaun im Wald zurückgehalten, und wenn sie darüber hätte hinwegspringen können, dann wäre sie an eine, wie ich von meinem günstigen Punkt aus sah, öde weiße Mauer gekommen, wo die Bäume gerodet waren, eine Mauer, die allen Häusern ihren ruhigen Blick wegriß, sie verfolgte ihre eigene Spur zurück, sie hatte Angst, war aber ganz konzentriert, sie war im Dorf, früher eine Ansammlung von Sommerhäusern, sie mußte an den Anlegestegen vorbei, sie wich freundlichen Händen aus, sie sah zu den Fährschiffen, sie runzelte die Stirn, ihr Mund öffnete sich, und ihre Zunge hing heraus, sie keuchte, sie zog die Mundwinkel zurück. Ihre Beine setzten sich in Trab. Sie hielt nicht inne, sie lief am Ufer entlang, sie würde einmal um den See herumlaufen, es war kein See, es war zu weit, es war ein Fluß, für einen Hund, ganz alleine, sie wußte, sie lief immer weiter weg von zu Hause, sollte sie sich selbst retten, so mußte das ihren Instinkt zerreißen, sie verschwand aus meinem Blick, und ich dachte, sie wird es nie schaffen, ich werde das arme Mädchen nie wieder sehen.

## Den Riegel aufschieben

Aber wir brauchen einfach ein Faktotum, eine erniedrigende Notwendigkeit, wie ein Griff in der Badewanne und die Gummimatte. Olive sagt, sie erträgt keine Frauen, haßt sie möglicherweise, sie geht durch die Straßen, und Frauen gehen vor ihr her, völlig unbekannte Frauen, mit ihren geheimen Gerüchen und ihren Geheimnissen, deren Verständnis von dem, was es heißt, Frau zu sein, fehlt bei ihr, sie sieht unter ihre Arme, direkt in ihre Achselhöhlen, ihre Beine hinauf, sie riecht ihr Geheimnis zwischen ihren Beinen, du lieber Gott, Gerüche, diese Beine trotten daher, allwissend, in der absoluten Gewißheit, nicht zu einem Frosch zu gehören, trotten sie auf Absätzen, Arm in Arm, Frauenbeine, und sie unterhalten sich, indem sie sich über die Männer beklagen. Wie nur sie loswerden! Johannisbeerbüsche legen sich keinen Dreck aufs Gesicht, und ihre Lippen sind bereits süß rot, oder schwarz, oder sogar zitronenweiß, sie mag Johannisbeerbüsche lieber, und wie sie riechen. Der Obstkäfig treibt blau im Morgendunst, von weitem schimmern seine Drähte, ich weiß nicht, wie es geschehen konnte, daß sie eingesperrt wurde, es ist ein Rätsel, und ich bin dankbar, daß ich nicht einmal ahnte, daß sie eingesperrt war, als mir auffiel, daß er so umhertrieb, geschweige denn, an was sie dachte, da drinnen, ich will es auch gar nicht wissen. Olive hängt an dem Obstkäfig, sie verbringt Stunden auf Händen und Knien, zupft das Unkraut, oder watet bis unter die Arme in den Himbeeren, Himbeeren erinnern sie an die Lippen der Pferde, weiche Früchte sind dennoch kräftig und zäh, wie jedermann sieht, sie müßte bloß ihren Finger durch den Draht der alten Tür schieben, um an den Riegel zu kommen, man ist nicht wirklich eingesperrt in dem Obstkäfig, aber wie, dachte sie, komme ich aus diesem Frausein heraus, es ist widerwärtig, sie legte sich hin, in den letzten Tau hinein, die Johannisbeeren im Durchschlag sackten langsam in sich zusammen. Es scheint, Frauen sind zu drei Vierteln menschliche Wesen, sie sind Hennen, sie

bringen es einander bei, die Mutter der Tochter, die Schwester der Schwester. Das verbleibende Viertel ist eine Art Drüse, die uns mit hennenartigen Gefühlen versorgt, wir fließen über, Frauen sind selten gefaßt, wir sickern durch, ich sicker durch, sie sickert auch durch, der Frosch war verschwunden, und sie fragte sich, ob in dem Obstkäfig ein Loch war, es ist ein Alptraum geworden, eine derart beunruhigende, verächtliche Person im Haus zu haben. Olive dachte an Draht und Drahtscheren, an den Geruch von galvanisiertem Draht, den Geruch von Schrammen, die vom Draht biegen kommen, galvanisiertes Blut, man sollte sich nicht, dachte sie, von solchen Gerüchen galvanisieren lassen, und genauso wenig von den Gerüchen, die heutzutage vom Bügeln und Marmeladekochen kommen.
Sie konzentriert all ihre Energie auf die Marmelade, die steht bereits in drei langen Reihen auf dem Regal in der Vorratskammer, mehr als wahrscheinlich gegessen und weggegeben werden kann, sie kann die Ernte nicht verkommen lassen, und warum? Hat nichts mit ihr zu tun, wirklich. Ich nehme an, sie wird darauf bestehen, alle Äpfel von den Zweigen zu pflücken. Schrecklicher, unbeugsamer Wille. Und kurzsichtig! Olive verschreibt sich irgendeiner Aufgabe, denkt sich zuerst, wir sind hocherfreut, merkt, wir sind es nicht, und macht trotzdem weiter, wir kümmern uns nicht um den Obstkäfig, warum sie? Ich hatte keine Ahnung, daß das eine so zweischneidige Angelegenheit werden könnte mit ihr. Ich kann unseren Garten nicht länger genießen, wann immer ich rausgehe, ist sie da. Ein moralischer Kreuzzug ist im Gange, das ganze Obst muß abgeerntet werden, und Frauen, scheint es, haben eine moralische Pflicht, wie Himbeeren standzuhalten, es reicht nicht, niemals einer Fliege etwas zuleide getan zu haben, der persönliche Verhaltenskodex anderer, denke ich, kann einem auf die Nerven gehen, wir haben das Pech, daß sie zu uns gekommen ist, und sie hat auch noch die Frechheit, es schön zu finden, hier bei uns.
Eine Lerche sang, sie schielte in den Himmel, früher waren Frauen anderen Frauen gegenüber ziemlich unangenehm, heute, im Kampf um das, was sie immer als selbstverständlich angenommen hat, aber ausgestattet mit dem, was sie nicht hat, neigen sie eher dazu, freund-

lich zu sein, ist sie eifersüchtig, oh nein, wir sind es, die eifersüchtig sind auf ihr verdammtes Selbstvertrauen, warum ist sie nicht wütend, warum ist sie so unnatürlich, warum sind ihre Schultern nicht wundgerieben? Herumschwadronieren und schwärmen! Ich nehme ein Messer für Wespen, sie ist dagegen, sie mußte als Kind immer die Wespenfallen bauen, Marmelade und Cider in einem Krug, fürchterlich, sagt sie, die Wespenklatsche ihres Großvaters, ein Familienerbstück, war humaner, ihr Großvater, der sie erfand, konnte Wespen im Flug fangen, sie möchte mir eine schnitzen, damit ich human sein kann, mein Messer ist halbherzig, wenn ich Wespen töten muß. Ich versteh nicht, wozu die ganze Aufregung, ständig dieser Zirkus bei fast allem, was man tut. Olive ist nicht so erzogen worden, daß sie sich unterlegen fühlen könnte, sie wäre ihrer Mutter böse gewesen, wenn ja, sie fragt sich, wie man sich wohl als Amsel fühlt, wenn ein Paar nach Futter sucht, das Größte ist es, Amsel zu sein, nicht Rotkehlchen, und nach Amselfutter suchen, das Weibchen zittert und murrt nicht bei zusammengebissenem Schnabel, ich bin eine Amsel zweiter Klasse. Aber, fuhr ihr durch den Kopf, wenn der Wilderpel einfliegt, der Enterich dem Wind trotzt, fühlt sich die Ente dann gedemütigt? Wenn sie so erzogen wäre, daß sie erkennen könnte, die Welt und seine Frau haben das Gefühl, sie ist unterlegen, dann hätte daraus vielleicht das Empfinden folgen können, sie gehöre dazu, stattdessen wird sie bestraft für eine Arroganz, der sie sich nicht bewußt ist. Wundert mich nicht! Ich weiß nicht, was schlimmer ist, jemandem ausgeliefert zu sein, der einen liebt, oder von jemandem, der einen nicht liebt. Es scheint als ob Frauen total lasch seien, aber wenn sie zäh sind, hat es auch nichts Gutes, Frauen sollten die Schuld ein bißchen mehr bei sich selber suchen. Wie nur sie loswerden! Oh, ich bin fest dazu entschlossen. Hinter jedem schroffen, durchsickernden Äußeren mag sich eine Person verbergen, die einfach nicht den Dreh raus hat und die falsche Reaktion provoziert, Hennen-Wesen sind alles andere als Tiere, also umso schlimmer für sie, sie ist nervös geworden und betreibt unvernünftige Gespräche, alles, was man als Frau ohne Geistesgegenwart tun kann, ist warten, daß das Elend langsam nachläßt. Ich würde mir wirklich wünschen, sie führte sich nicht so pompös auf, im Garten, siegesgewiß und nicht zu bremsen, und doch brauch ich nur das Wort auszusprechen. Eingesperrt in den Obstkäfig, fragte sie sich, welche Amazone sich als erste eine Brust abschnitt, welche die schnellere im Speerwerfen oder Bogenspannen war, und welche die letzte, welche Amazone den Mumm hatte, Schild und Harnisch zu bauen, um der einen Brust Raum und Schutz zu bieten, von Amazonen ging sie über zu weiblichen Pferdeknechten, warum glauben weibliche Pferdeknechte nicht, daß ihr Verstand auf den Hund gekommen ist, und warum sind sie deswegen den Männern nicht böse, ist das Zusammenleben mit einem Pferd so viel erhebender als das mit einem Mann, das mit Stuten und Fohlen, warum, wenn man die Kleider der Natur waschen muß und das Hinterteil der Natur abwischen, und wenn mit einer Maschine, warum müssen einem die Gedanken träge werden, ist Stroh so viel anders als Socken? Olive ist ungeeignet, es ist nicht das, was ich mir vorgestellt hatte. Entspannt und zufrieden zwischen den Johannisbeeren dachte sie, wunderlich, die Johannisbeeren sind froh, ein Pudding zu werden, sie bittet sie, nicht zu köstlich in dem Pudding zu sein, verstellt euch, sagt sie, verstellt euch, sie steht in der Hackordnung bei uns ganz unten, damit ihr Pudding nicht von unseren Besuchern kommentiert wird, laßt mich, sagt sie zu den Johannisbeeren, laßt mich dumm sein, oder eher, laßt mein Dummsein mir was ausmachen, ich bin oft dumm, aber es macht mir nicht genug aus, mag meine Selbstsicherheit von mir genommen werden, laßt mich eine geringe Meinung von mir selber haben, und zerdrückt werden, wie ihr es werdet, zu Pudding verarbeitet und gedankenlos heruntergeschluckt. Sie kommt mühsam auf die Beine, steif, Frauen sind fürchterlich, und sie ist fürchterlich, weil sie eine Frau ist, sie gibt sich große Mühe, nicht fürchterlich zu sein, je mehr Mühe sie sich gibt, umso fürchterlicher finden wir Frauen sie, sie nimmt ihr Obst, steckt den Finger durch den Draht, atmet Wolken von Rost und galvanisiertem Draht durch die Nase ein, fühlt sich nicht besser, Frauen fühlen sich nicht besser, sie brüten vor sich hin und fühlen sich nicht besser, sie fuchtelt und prokelt mit dem Finger, bis sie den Riegel aufschiebt. Olive glaubt, sie eigne sich nicht zum Zusammenleben mit Frauen, und ihrem, unserem, so scheint es, entzündeten Gehör! Ich unterstelle ihr die schlimmsten Dinge, sagt sie. Ich kenne sie besser, als sie meint, was sie sich ausdenkt, ist nicht schlimm, aber auch nicht willkommen.

## Verborgene Verbände

Ich war nicht schnell genug, er lief direkt durch Hölderlin hindurch, und ich zuckte zusammen, und er fragte mich, was los sei. Du wirst wohl auf den Rücksitz klettern müssen, sagte ich zu Hölderlin, sonst versteht er das nicht und hält mich für reserviert und unnahbar. Wieso ist da kein Platz für deine Beine? Wenn du diesen Kanister zur Seite schiebst, dann geht's. Ich nehme an, es ist ein Benzinkanister. Ist es ein Benzinkanister? Oh, ein leerer Benzinkanister, sagte ich zu Hölderlin. Es ist nicht erlaubt, Benzin im Auto zu haben. Man darf Benzin dabeihaben, aber nicht in einem Plastikkanister. Es muß ein Metallkanister sein. Hölderlin sagte, er wolle kein Benzin dabeihaben, ich sagte streng, das sei auch nicht der Fall. Komisch, sagte Hölderlin, ihre Ampeln gehen genau andersherum als unsere, bei Rot gehen wir, bei Grün müssen wir stehenbleiben, wer geht, sie gehen, nein, sie, sie gehen bei Rot, zu Hause bleiben wir stehen, Grün heißt gehen. Ich werde noch ganz närrisch, bemerkte unser Fahrer, man sollte annehmen, daß Dinge, die es zu hören gibt, aufgehoben sind, daß der Sinn verkümmert. Hölderlin entspannt sich nicht, er späht zwischen unseren Schultern hindurch und nestelt an dem Geflecht des Picknickkorbs herum, der auf seinem Schoß abgestellt worden ist. Trotzdem ist die Welt voller kleiner Vögel, fährt unser alter Freund fort, die ihre Schnäbel und Hälse aufsperren, Brust und Hals plustern sich auf, nicht ein Ton dringt an mein Ohr, aber mein Auge nimmt mehr Töne und ihr An- und Abschwellen wahr als mein Ohr Lieder gehört hätte, mehr aufgerissene Schnäbel. Hölderlin wischte sich eine Träne von der Wange, er wird leicht mitleidig.

Ich glaube, sagte Hölderlin, da war etwas Lebendiges, was wir zerquetscht haben, schsch, sagte ich, unser Freund hat es nicht gemerkt, und es ist nicht nett, ihn darauf aufmerksam zu machen, es war sehr klein und hat keinen Ruck gegeben, er merkt es wahrscheinlich nur, wenn er die Räder über einen Huckel fahren spürt. Logisch.

Das Hupen der Autos geht selig an ihm vorüber, zu dumm, wenn sie es eilig haben, Polizeisirenen, und, jemand könnte bluten, sagte Hölderlin, aber die dadrin, antwortete ich, ausgebildete Helfer, die stillen es, war es so unirdisch wie es schien, oder friedlich, leiden Sie, schrieb ich, an Ohrensausen, er blinzelte, oh, seit Jahren schon nicht mehr! Lerchen bekomme ich nicht mehr mit, aber Habichte hab ich immer erkannt, er zeigte durch die Windschutzscheibe zu einem Turmfalken auf einem Telegraphenmast, hoppla, sagte Hölderlin, du brauchst nicht so nervös zu sein, sagte ich. Es ist ein Turmfalke, sagte er zu mir. Das war ein Turmfalke, sagte ich zu Hölderlin, und der, nachsichtig, ich weiß!

Ich glaube, das Auto ist für ihn so etwas wie ein williger Maulesel, er tritt es, freudig reagiert es, er fährt ziemlich schnell, fast zu schnell, ein bißchen haarsträubend. Ich höre mehr und mehr das Knacken von Korbgeflecht. Liegt da ein Hammer unter der Motorhaube, fragt Hölderlin. Die Habichte und meilenweit zweispurige Straßen liegen hinter uns, und es wird England. Kopf hoch! sagte ich. Aber während wir mit den Folgen einer neuen Umgehungsstraße beschäftigt waren, kam eine Person auf uns zu, unser Freund kurbelte mit heiterem Lächeln sein Fenster hinunter, es war nutzlos, ich konnte solche Fragen nicht beantworten, und wir mußten sie stehenlassen, sie war verwirrt, sagte Hölderlin, hättest du nicht das entsetzliche Geklapper erwähnen sollen, wir hatten unseren Durst mit unserem Kaffee gelöscht, und er regte sich auf, eine Hand hatte in seiner Leistengegend nach der Thermoskanne gefummelt. Keine Sorge, sie wird lachen, sobald wir außer Sicht sind, sagt *er*, sie denken, ich sei komisch, und Sie seien nicht von hier. Hölderlin bekommt einen panischen Gesichtsausdruck, als er das hört, obwohl es als Beruhigung gemeint war.

Ich werde nicht mit reinkommen, junge Dame, sagt er. Auf mich wartet jemand, den ich sehr gern habe. Aber selbstverständlich. Ich war gerührt. Ich werde Sie zu gegebener Zeit wieder abholen kommen. Sie haben einen prächtigen Tag mitgebracht. Es ist so ländlich! sagte ich, stell den Korb neben die Decke und steig aus. Schnell! Hölderlin zottelt hinter mir her, in seinem Gesicht steht alberne Erleichterung.

Niemand ist erstaunt. Wirklich, was haben Sie nur für einen prächtigen Tag mitgebracht, sagen sie.
Und, wie sich zeigte, ohne Zwischenfälle, oder? Bloß leichte Verlegenheit, als der Gastgeber mitkriegte, wie ein mit Butter beschmiertes Brötchen in meiner Tasche verschwand, der Korb mag etwas gelitten haben, sein Inhalt aber nicht, da bin ich sicher. Ich bin wieder da, um Sie abzuholen, sagt er, war's schön, und, eher schüchtern, sollen wir einen Rundgang durch den Garten machen, er sieht mich und Hölderlin an, die anderen sind still, wachsam vielleicht.
Ich fand den Garten herrlich, ich kann nicht vergessen, wo überall ich meine Hände hatte, sind wir außer Hörweite, ich kann nicht vergessen, obwohl ich möchte. Ich konnte mir immer nicht vorstellen, wie er sich im Frühling veränderte, oder im Sommer die Winterstille, jetzt sehe ich es alles, alles auf einmal, es blüht auf und stirbt ab, nimmt zu und nimmt ab, vor meinen Augen, ist das eine zweite Kindheit oder Altersschwachsinn. Altersschwachsinn, sagt Hölderlin, ach komm, halt den Schnabel, sage ich. Wie kommen Sie mit dem Leben in der Stadt zurecht? Ich komme damit überhaupt nicht zurecht, und es wird immer schlimmer. Es ist schwer, klagt er laut, so schwer. Ich frage mich, ob ich Sie nicht besser am Tor hätte abholen sollen. Die Schatten, haben Sie schon mal darüber nachgedacht, wie selten Schatten werden, eine bedrohte Spezies, mm? Nicht irgendeiner von diesen massenhaft auftauchenden Schatten, nein, solche mit Charakter und Form, wenn man auf Schatten trifft, die uns sehr vertraut sind, fühlt man sich nicht doch seltsam? Hölderlin zittert. Die Hecken sind langbeinig! Sehen Sie sich den Rasen an, meinen samtenen Rasen! Sie sollten Fallen für die Maulwürfe aufstellen, die haben keine Ahnung, nicht gerade ein weiches Herz, das da antwortet. Ich vermute, es fehlt ihnen an Geschicklichkeit, oh ja, allerdings. Man muß Handschuhe tragen! Ich bin nicht so einer, der einfach so aus dem Fenster schießt. Man hat ein Paar Handschuhe für den Maulwurf, er riecht dich an dem Metall. Sie haben ihn gedeihen und davonkommen lassen, es widert mich an, wenn ich an den Rosen keine toten Köpfe sehe, patschnasse Wege, ganz überwuchert, ich würde gerne meine wackere

Klinge ansetzen, ja, das würde ich! Komisch, wie Enttäuschung zutiefst unglücklich machen kann, und es steht mir nicht zu, mich enttäuscht zu fühlen. Eine Wiese! Das Gemähte ist nicht weggeharkt. Die Blätter auch nicht, im Herbst. Sie gehören auf den Komposthaufen. Gib dir Mühe mit einem Komposthaufen, und er wird es dir lohnen! So langsam enthüllt sich mir eine unheilvoll mürrische Person. Es ist unordentlich, sagt die Gestalt, es ist herrlich, finde ich, ein herrlicher Garten, voller Seltsamkeiten. Vor uns wirbeln Arme durch die Luft, Gräben, um die Quecke aufzuhalten, die Arme sagen, halte den Schachtelhalm auf, daß er nicht weiter seine Sporen in den Wind schleudert. Behutsam, sagen die Arme, um Gottes Willen, behutsam! Und was ist das??! Ich schreibe, man wird sich darum kümmern, bis er geheilt ist. Geheilt ist? Er ist schwer verletzt. Er ist erledigt, und er weiß es, die Augen sind mit einem Film überzogen, seine Augen sind bereits tot, ein wenig Entschlossenheit bitte, gib ihm besser eins auf den Kopf, sagt er ärgerlich. Aber ich kann mich da nicht einmischen. Oh, warum habe ich mir nur vorgestellt, ich könnte vergessen, wo jeder Baum und jede Pflanze... Er grinst. Ich flüstere Hölderlin, dessen Kinn sich in meine Schulter gräbt, zu, unser Freund steigert sich in einen traurigen Zustand. Das hier sind Ungeheuer, sagt unser Freund, Ungeheuer, sinnlos, auf ihnen herumzutrampeln, sie bäumen sich wieder auf und säen sich noch aus, wenn sie total zerstückelt sind! Ich hab hier ein Kaninchen getroffen, genau hier, das hatte seinen Verstand im Schnee verloren, Schnee, der liegenbleibt, bekommt in England ein dumpfes, verdrossenes Aussehen, bei Ihnen, in Ihrem Land auch, wie das Auge dieses armen Vogels, aller Tiere, die gramvoll sterben. Sieh da, mein alter Flieder. Aber ich hätte diesen verdrehten Ast abschneiden sollen, er hängt nur noch an einem Fädchen, warum? Warum? Es ist unordentlich, nicht wahr? Das ideale Gerät für Monster ist eine Sichel, für alles dichte Unkraut. Ich vermisse das Unkrautjäten. Die warme Erde am Beginn des Sommers, die feuchtkalte am Ende. Vielleicht mochte ich mein Unkraut lieber als meine Blumen. Wenn es so hoch wird, daß es von oben höhnisch auf einen herabsieht, dann ist es Zeit, die Klinge zu wetzen, oder es wächst einem über den Kopf und zerrt einem an den Füßen. Wenn irgendwo Orchideen wachsen, sollte man sie sehen können, sonst nämlich ist es eine Verschwendung, ja, allerdings, wenn keiner sie sehen kann. Es ist nicht so, als wolle man die entfesselte Kraft von... was auch immer spüren. Hölderlin flüstert, der Natur? *Er* lacht jämmerlich. Ein geliebter Widersacher, nehme ich an? Im Brombeerstrauch nistet ein Zaunkönig. Ich hätte ihn beseitigen sollen. Man hackt ihn ganz um, verbrennt ihn, und rückt dann den Wurzeln zu Leibe, man muß nach ihnen fühlen und tasten, es ist wie ein Baby zur Welt bringen, eine Brombeerwurzel rausziehen. Ich hab noch nie ein Baby zur Welt gebracht. Ich habe Brombeerwurzeln zur Welt gebracht. Sie sind eine Plage. Oh, sehen Sie sich vor, wütende Wespen nähren sich vom Saft der Weide. Sehen Sie? Paarweise gebeugt und gierig! Hölderlin nickt weise.

Ja, ja! Hätten Sie das gedacht, meine Teuerste, die allerliebsten Erinnerungen sind Gerüche, der Garten verströmt nachts einen süßen Duft im Sommer, dieser Garten besonders. Wenn ich ihn nur mitnehmen könnte! Man verläßt sich so sehr darauf, nicht wahr? Ich *verlasse* mich darauf, auf einen Geruch, daß er von Zeit zu Zeit in meiner Nase ist. Man kann sie nicht herbeizitieren, Gerüche. Mich wundert, daß das möglich ist. Einen Geruch riechen, der nicht da ist. Riechen Sie Gerüche, die nicht da sind? Wundert mich.

Ich träume oft, zu oft, ich habe beim Pfropfen alles total verfuscht, im Winter, bei eisigem Wind, es ging nicht anders, ich mußte es früh machen, mit Lehmschlag, das geht, wissen Sie, mit Lehm pfropfen, man kann nicht so fein arbeiten wie mit Wachs, und insgesamt ist es schwieriger, ja, mich quälen diese aberwitzigen winzigen Zweige, amputiert und verbunden, an anderen amputierten Stellen, der Saft steigt nicht, aberwitzige graue Bündel, die Verbände verborgen, der Lehm trocknet und wird blaß, oder zerfließt bei heftigem Regen, die Pfropfreiser fallen irgendwie ab, weil es daneben gegangen ist. Hölderlin flüstert, unheilbare Wunden, selbst in einem Garten.

## Pfaueninsel

Es pfeift, springt und dröhnt, so habe ich eine Ahnung, wie es sich angefühlt haben mag. Manchmal schmerzt es, der Schmerz sitzt mir in der Brust, der Schmerz ist ein Akrobat, und ich kann nicht atmen, auch wenn die Luft ein- und ausströmt, wie es sich gehört, und meine Lungen arbeiten noch erstklassig, wir zwei alten Exemplare, sind wir nicht draußen rumgetappt auf unseren Verdauungsspaziergängen, zwei Wochen lang zusammen, jedesmal, wenn er aufhört, der Schmerz, ist mir, als wenn ich mich gar nicht mehr daran erinnern kann, der Speichel hängt mir noch nicht in dicken Fäden aus dem Mund, mir müssen nicht Tränen und Dreck aus den Furchen meiner Wangen gewischt werden, wenn ich mein Abendessen verdaue, ich habe ein Rheuma-Auge, bald werde ich auf beiden Rheuma haben, mehr Rheuma als er, ich frag mich, was Rheuma-Augen ankündigen, ich war noch nie so eng mit einem Boxerhund befreundet, du bist fürchterlich komisch gebaut, unbequem, wirklich, für dich, mit seinem vorspringenden Unterkiefer und den Zähnen, die an ganz verschiedenen Stellen zu wachsen scheinen, als ob für zwei Mäuler, sein Maul so freundlich zur Hand wie ein Spaniel, fast schlappschwänzig von dir, daß du so sanft bist, wenn der Sabber aus seinem Maul tropft und läuft, muß er Magenmedizin aus einem Plastikbeutel schlucken, an dem eine Flasche hängt, komisch, daß er nicht meine gebrochenen Worte anstarrt, wir haben gegen euch gekämpft, in meinem Innern werde ich das nie vergessen, will es auch nicht, langer Friede, bin in Feindesland, kann das nicht vergessen, sollte ich in die falsche Sprache verfallen, weiß er, das sind nicht seine Worte, er grübelt, seine Augen werden heller, wir diskutieren miteinander, er wird Streit anfangen, wenn er sein Bein x mal in der Chausseestraße und nicht in der Friedensstraße heben möchte, aber die Frage, wann kommen sie nach Hause, stellt er mir nicht, wenn es anfängt, dunkel zu werden, bittet er, nur einmal, daß ich ihm die Gartentür aufmache, und starrt auf die Garage, kommt dann wieder reingelaufen, nachdenklich, auf unseren Morgenspaziergängen gehen wir zum Griebnitzsee, dort weht ein kalter und frischer Wind, er springt in die Luft, wir spüren Sommer in unseren Knochen, ich bin traurig, weil er immer an der Leine bleiben muß, er in seinen besten Jahren, kraftstrotzend, richtiges Feuer hat er, auch ich passe auf, wenn wir es mit Schäferhunden zu tun bekommen, er ist alt, vielleicht laß ich's auch kleine Hunde spüren, mal darüber nachdenken, es macht mich traurig, und weil er nicht mir gehört und es kann Streit geben und Probleme, gehen wir auf Nummer sicher, seine Freunde grüßen uns auf der Straße und sagen zu ihm, er sei nicht mit Mami oder Pappi unterwegs, so was Blödes, als wüßte er das nicht, nicht mit seinen Eltern, und sie sagen zu ihm, wie müde er ist, wie alt geworden, er scheint tatsächlich mit seiner Kraft am Ende, als wir uns dem Haus nähern, aber er ist in der kühlen, frischen Luft hinter meinem Ende seiner Leine hergesprungen, oder hat nach Stöckchen herumgestöbert, seine Ohren sind natürlich keine Schlappohren, sie können nicht hängen, ich weiß nicht recht, sie mögen gesünder sein, lassen keinen Krebs wachsen, ich sehe den strömenden Regen direkt hineinpladdern, und alles, was er tun kann, ist seinen Kopf seitwärts schief und still halten, ziemlich nutzlos, und ich merke, ich glaube nicht an kupierte Ohren, kaum im Garten, will er schon spielen, er jagt nach seinem Gummischuh, das Krokodil liegt auf der Lauer, so sagt er, unter einem Rhododendron, wo er nicht drankommt, er wirft mir ein Stöckchen vor die Füße, wir sitzen auf der Terrasse und sehen auf den frisch geharkten Rasen, jetzt, wo der Winter vorbei ist, Frühling und Herbst sind gefährlich, meinen die Hunnen, die Zeit, wo's sich leicht stirbt, nach dem Dunkelwerden darf er auf das Sofa, auf eine Extradecke, er fragt, ist es jetzt soweit, noch nicht, ich habe selber das ganze Sofa eingenommen, er seufzt, Hunde und Pferde seufzen, in den Bergen, Oskar, eine Kirche mit Jagdhunden, keine Boxer, und eine Kuh, ein schlecht gelaunter Widder, zwei Katzen, und Würmer, fette Wurmrollen, diese Leute im zwölften Jahrhundert mit ihren ovalen Gesichtern wurden bestimmt von Hunden und Pferden begleitet, und als ich mich, ihm nachgebend, auf den Stuhl hinübersetze, hören wir G. Gould zu, er starrt mich an, als ich mein Abendessen auf den Knien zu mir nehme, er denkt, ich sollte aufrecht am Tisch sitzen, ich kann mir nicht vorstellen, Hund, daß das so gespielt werden muß, daß Bach sich das so vorgestellt haben kann, für uns hört es sich schön an, eine Offenbarung, ich frage mich, wieso, und früher hat es mich sogar irritiert. Nachmittags gehen wir hinter der Königstraße spazieren, wo jeder im Wald an der Leine gehalten werden muß und unsere Herzen ruhiger schlagen können, es zieht mich so sehr an die Havel, ich würde so gerne am Ufer stehen, aber da stehen ganze Hunderudel, der Tag gehört ihm, sein Futter ist komisch, das Brötchen, und in meinem Land fressen Hunde keine Maccaroni, um halb zwölf kommt sein Mittag, um halb elf ist er schon ganz erwartungsvoll, ich werde mich nicht tyrannisieren lassen, der Fußboden bedeckt sich mit Wasser, das aus den Falten seiner Lefzen tropft, unter seinen Brauen sieht er zu mir auf, mehr, frisches, und noch mehr, ohne Tröpfelei, gegen zwei denkt er an seinen Spaziergang um drei, zum Abendessen bekommt er gekochtes Herz.

Ich muß geträumt und meinen Traum vergessen haben, es zieht mich so sehr zur Pfaueninsel, und ich mag die Pfaueninsel nicht besonders, wenn ich sie auch nur vom Ufer aus sehen kann, ich mag keine Pfauen, hatte nie eine Beziehung zu ihnen, und auch schnurgerade Wege nicht, ich verlasse fluchtartig alle Stellen mit schöner Aussicht, obwohl die Leute gerade deshalb auf die Pfaueninsel rennen, wenn auch nicht in Horden, schöne Aussicht nennen wir das. Schönheitsflecken, warum nicht Schönheitspickel, Menschen sind Eiter, ich darf nicht so gemein reden, aber strömen die Menschen nicht zu Schönheitspickeln und liegen dicht an dicht auf Wiesen, extra dafür abgetrennt, und in ihrem Abfall, wenn sie darunter leiden, dann wissen sie es gut zu verbergen, Pfaueninsel ohne Menschen, ein kleines Paradies, wär man preußischer König, mit so vielen seltsamen Bäumen, und hätte nichts gegen die Architektur, und Blumen hatte er, das Dumme mit Blumen an Pickeln ist, man kann vor lauter Eiter keine Blumen sehen, nehme ich an, Oskar, Könige, Kaiser und ich, ich bin eine Art schrecklich unbedeutender Kaiser, müssen aussterben, wir wollen viel Abgeschiedenheit, ganz für uns allein sein, glücklich, mit einem Hund zu sprechen, wenn sich unser schlechtes Gewissen regt und wir zulassen, daß unsere Abgeschiedenheit sich zu einem Pickel auswächst, geben wir sie auf der Stelle auf, wir müssen aussterben, vielleicht mag ich Hunde deswegen so gerne, weil sie uns den Mantel der Unsichtbarkeit umhängen, da bin ich einem preußischen König gegenüber etwas voraus, eine so tiefe Sehnsucht nach Alleinsein kann nicht gut sein, ich habe ein schreckliches Gefühl, Hund, ich habe vom Paradies geträumt und die Pfaueninsel dafür gehalten, das Paradies ist randvoll mit Menschen, versteht sich, alle lachen, zu laut, oder machen Knistergeräusche, sie tragen winzige Maschinen in ihren Taschen und stöpseln sie sich in die Ohren, hoi polloi, das gemeine Pack im Paradies ist schrecklich, das Paradies, Hund, ist ein Schönheitspickel, und noch immer sind wir nicht an der Havel, wir waren bei der Post, unsere Feindbegegnungen sind glimpflich verlaufen, und ich bin guten Muts, unsere Idylle ist total kaputt, wir werden überfallen, auf einem normalen Spaziergang in der Nähe vom Haus, ich überquere die Straße nicht früh genug, vergesse meine Anweisungen, laß ihn sich nicht verteidigen, wage es nicht, eine Hündin, frei herumlaufend, und wir dagegen an der Leine, Schäferhündin, ihn trifft keine Schuld, habe nicht schnell genug geschaltet, ich, muß ihn in die Mitte zerren, die andere schießt vom Bürgersteig hinter uns her, entsetzte Windschutzscheiben, ich sehe ein gefletschtes Maul, die Zähne, Feigling, Bruchteil einer Sekunde, an seinem Hinterteil, entsetzt und beschämt hinken wir nach Hause, seine Haut ist nicht zerbissen, sie ist zerkratzt, ich nehme Salzwasser, viel zu viel, und die Wunde entzündet sich nicht, vierundzwanzig Stunden faulig gelb, bin nicht in der Lage, irgendetwas gut zu versorgen, was für ein Lebewesen auch immer, unbeholfen, und mein Verstand funktioniert nicht richtig, er ist freundlicher denn je zu mir, seine Demütigung tut mir weh, sie tut mir wirklich weh, es ist Ostern, und im Nu sind wir aus den Betten, wir gehen an die Havel, er ist so froh, die Wälder ganz für uns, Keiler nicht in Sicht, nur Wild, wir schauen hingerissen auf das Wasser vom Hügel über Moorlake, spitzen die Ohren im Wind, laufen los, ich werde die Pfaueninsel nicht sehen, dieses Mal nicht, und er denkt, heute, heute, er starrt lange auf die Garage, zum ersten Mal, ich versuche zu erklären, nur noch ein paar Tage, sein weises Gesicht, er bleibt jetzt sehr nah bei mir, ich kann es fühlen, er geht die Treppe rauf, wenn ich raufgehe, er liegt nicht da auf seinem Platz, er lehnt sich gegen mein Bein, er geht runter, wenn ich runtergehe, er preßt sich an mich, ich habe seine Bürsten gefunden, er stöhnt nicht, er beklagt sich nicht, wenn ich mich auf dem Sofa ausbreite, thront auch er dort auf seinem Hinterteil, ich weiß, er möchte, daß sie kommen, es reicht, er ist nicht unglücklich, aber er wartet, an unserem letzten Nachmittag führt er mich zu einer Bank im Wald, wo ich mich ausruhen und er im Schatten liegen kann, das, finde ich, ist klug von dir, es ist umwerfend, ich merke, wie ich manchmal ganz still dasitze und mich an den entrückten Blick in seinem Gesicht erinnere, als er es gespürt haben muß, sein schlimmes Herz, und kein Mensch hat etwas gewußt, er steht ein wenig zögernd auf, er trödelt, wenn wir unterwegs sind, und in der Friedensstraße, reiß dich zusammen, sage ich, ich hab Besorgungen zu erledigen, starrt er mich an, ich vermute, er legt sich neben die Bank, jedesmal, wenn er sie sieht, wir waren da vorher nicht vorbeigekommen, er springt in den Garten, ich denke nicht mehr daran, dann ist er auf dem Sofa, ich auf dem Stuhl, sie kommen, er hat auf sie gewartet, drei Tage später bricht er zusammen, vier Wochen, und er ist tot, er paßte auf, daß man ihn nicht zu weit von zu Hause mitnahm, er hatte es im Gefühl, schreibt seine Herrin, daß er nicht zusammenbrechen durfte, wo die wilden Tiere ihn auffressen könnten. Im Winter braucht es die Pfaueninsel bloß einen Schritt über das Eis. Ich habe auch Angst und weiß, ich darf nicht da einbrechen, wo die wilden Tiere mich auffressen könnten, ich will versuchen, nicht zu murren, wenn sie es tun. Du so ernst und heiter, und ich mit diesem Gefühl von Traurigkeit.

## Ein großer Tag

Ins Treibhaus schiebe ich ihn, und sie, seine Besucher, und ich bringe die Teesachen, ich gieße Tee ein, ich reiche Kuchen, Tomatenbrote, Gingerkekse, wir lehnen uns in Liegestühlen zurück, unter den Ruinen seines Dingsbums, es verwirrt ihn, daß ich es Treibhaus nenne, ich weiß nicht, wieso, er sitzt zusammengesackt in seinem Rollstuhl, seine Augen verfolgen alles, er kann nicht sprechen, oder mag es in Gesellschaft nicht versuchen, ich spreche in seiner Gegenwart, oh ja, er ist völlig hilflos, das irritiert mich, und muß doch hören und verstehen und sich verloren fühlen, irgendwo in mir gibt es ein besseres Ich, im Schatten, kochendheiß, die Frau, die ihn besucht, sieht sich verzweifelt die zerbrochenen Rahmen an, vielleicht würde sie gerne da hindurch rauskriechen, die Farbe ist abgeblättert, der Kitt ist rausgefallen, das ganze Treibhaus ist dahin, sage ich. Mit den Augen streifen sie brav den Gartenbast, der notdürftig an Haken befestigt ist, schwer angeschlagen, jeden Moment eine Lawine aus Glas, der Mann setzt ein besänftigendes Schmunzeln auf, der Wein schlingt sich mit schrumpeligen Trauben über unseren Köpfen, seine Wange im Rollstuhl wird zart von Jasmin und Bleiwurz gestreichelt, Orangen- und Zitronenbäume sind geschwärzt von einer schmierigen Spinne oder irgendeiner Milbe, ich schiebe ihn ins Treibhaus, höre ich mich selber sagen, weil er es so gerne mag, die Frau, die ihn besucht, sehe ich, denkt nach, seine Hände, ihre Augen wandern zu seinen Händen, muß ziemlich weh tun, wenn sie die Blätter zur Seite schiebt, sie sieht, daß seine Hände geschwollen sind und bleich, voll mit schmierigem Schwarz, ich glaube, der Mehlwurm, sage ich, hat heute seinen großen Tag, sie lächeln nicht einmal, der Jasmin erdrückt den wunderschönen Bleiwurz, wir sind an allen Gliedern befallen, die Frau, die ihn besucht, faßt nach einem Mehlkäfer in einem Rankenausläufer, das weiße Zeug wird von ihrem roten Nagel rausgedrückt, und Rotes wie Blut springt auf ihren Finger, sie zuckt, das hat sie erschreckt, dumme Gans, ich bemerke Tränen in seinen Augen, ihre Haut ist röter als die Tomate auf dem Brot, sie greift von ihrem Liegestuhl aus nach den vertrockneten Trauben, auf seiner Stirn stehen Schweißperlen, er starrt mich an, ich lächele leer, und wenn er keinen Besuch hat, bringe ich Tee ins Treibhaus, die Töpfe und Tonschalen fast alle umgekippt, kein Wunder bei den wackligen Holzleisten, die Pflanzen darin sind entweder hinüber, oder sie recken sich mit verrenkten Figuren in den Himmel, Menschen bei einem Unfall, bevor ihre Beine geschient werden, wenn man ihm eine Freude machen will, bemerke ich, und das Leben ist gewiß eintönig für ihn, dann läuft man in den Garten und sammelt die grüne Blattlaus von den Lupinen, man muß das klug anstellen, wenn sie einen kommen sehen, fallen sie alle ab, und füttert damit die Goldfische, die Frau späht in die Zisterne, niemand, denkt sie, hat ein Interesse, öfter mal Wasser hineinzupumpen, jemand muß Wasser reintun, oder es wär noch toter, durch die trübe Brühe ist kein Goldfisch zu sehen, sie sind schüchtern, sage ich, sie tauchen auf den Grund, wenn sie Stimmen hören, die Blattläuse sind diesen Sommer riesig, ihre Gesichter starren entgeistert, ich muß weiterplappern, die Super-Blattlaus ist da, der Garten ist ein Tummelplatz für sie, um uns herum nur Bauern, die ganzen Gifte regnen wieder auf uns nieder, das Kind, das ihn besucht, reibt an einem Orangen- oder Zitronenblatt und schmiert Schwarzes über sein dickes Stück Kuchen, es möchte das weiße Versteck des Mehlkäfers gezeigt bekommen und Rotes verschmieren, ich bin ganz auf Seiten des Kindes, gut gemacht, sie backt guten Kuchen, denkt seine Mutter, er ißt nicht, ich frag mich, ob er später gefüttert wird, aha, das also denkst du, ich gieße ihm seinen Tee in die Schnabeltasse, ist sie nicht hübsch, so alt, der Schnabel vor Wut zerbissen von Generationen alter Menschen, kommt aus seiner Familie, das Porzellan ganz narbig von ihren Zähnen, ich habe zu viel Milch reingekippt, vielleicht hatten sie alle einen Schlaganfall, ich muß ihn auch melken, den Harn ablassen, höre ich mich plötzlich sagen, und Unaussprechliches mit seinem Hinterteil tun, ihre gemarterte Existenz, denken sie jetzt, wieder Tränen in seinen Augen, in ihren, Schock, der Mund bleibt mir offen, und ich schnappe nach Luft, die Trauben, denken sie, müssen vor lauter Verlegenheit eingegangen sein, noch ein Sandwich, ich plappere weiter, es ist herrlich für ihn, Besuch zu haben, in der letzten Zeit ist es damit immer weniger, eine Schande, wirklich nett, daß Sie gekommen sind, eine Hälfte von ihm ist zuerst gegangen, ich soll eigentlich sein Gehirn stimulieren, ihm laut vorlesen und das Alphabet beibringen, du bist der Ausgleich für meinen Mangel an Fleiß, er hält mich auf Trab, in anderer Hinsicht, Sie sehen aus, als brauchten Sie Luft, ich hole heißes Wasser und gebe der Tür einen tüchtigen Stoß, ich erinnere mich, murmelt die Frau, Sie erzählten mir mal in einem Brief eine Menge über Zaunkönige, ein Paar ist doch bei einem Kälteeinbruch in das Gewächshaus gezogen, vielleicht hat mich irgendein Insekt gestochen, ich fühl mich halb gelähmt, ich höre mich so gräßliche Dinge sagen, ich muß sie sagen, ich muß sprechen, ich muß, es ist eine Art Weinen, geraten Vögel nicht in Panik, intelligente Zaunkönige, blah blah, flogen rein und raus, der Lichtspalt ließ sich nicht schließen, lebten fünf Wochen im Gewächshaus, blah blah, vollkommen selbstversessen, gingen, wie sie gekommen waren. Seine Besucher mühen sich, normal mit ihm zu reden, die hier berichten ihm ihre Neuigkeiten, erzählen ihm von ihren Angelegenheiten, ich unterbreche sie, ich lasse sie ihren Faden verlieren, für sie ist es mühsame Arbeit. Er hatte eine Ente, sage ich, wenn sie sich schon über Ornithologie unterhalten wollen, ich fand sie hübsch, er häßlich, sie kam hereingewatschelt, wenn er mit seinen Arbeiten beschäftigt war, er sagte, sie könne kein Unheil anrichten, weil sie keinen Appetit auf Tomatenpflanzen hätte, es wurde ihr zur Gewohnheit, er ließ sie, sie richtete ein totales Durcheinander an, ich sehe Entsetzen in den Augen der Besucher, volles Verständnis in seinen, er ging da durch und trug es mit ins Haus, sie badete in der köstlichen Taupfütze und es stank, nach seinem zweiten Anfall sagte ich, sie müsse fort, für mich stand fest, eine Ente und ein Rollstuhl auf einmal sind zu viel, sie waren ein feines Paar, er konnte nicht sprechen, sie konnte nicht sprechen, zu spät, um das mit Gewalt wiederherzustellen, für ihr Nachmittagsschläfchen kam sie immer wieder gern in das Treibhaus gewatschelt, in den Staub, ließ sich neben ihm auf ihrer

Brust nieder, sie dösten, beide, ich hatte sie in Verdacht, Milben zu beherbergen, Schwefel, sagte der Mann, Schwefel für das Gewächshaus, ihr Dreck klebte an den Reifen, ich mußte dann ganz über den Rasen mit ihm, ich spritzte alles ab, schließlich auch ihn selbst, und ich mußte ihn ganz neu anziehen, ganz und gar, dann schleifte seine Decke, ja, was ist eine Ente, sie sehen angestrengt aus und winden sich, die Kakteen sitzen schmuck über ihrem glatten Haar, es war ein unnatürliches Leben für sie, sie muß sich einsam gefühlt haben, immer wild gewesen, halb zahm, und ängstlich, Netze brachten nichts, ich hab Wochen gebraucht, Wochen und Aberwochen, ich hab sie mit einem Leckerbissen gekriegt, es ging nur über reines Vertrauen, als ich sie am Ende in den Händen hielt, war sie ganz leicht, nur Federn und Daunen, Schnabel und Knochen, mehr als rührend, ich packte sie in einen Pappkarton, auch ihren Dreck mußte sie da reinmachen, und in den Kofferraum, sie könnte noch ein bißchen fliegen, um zwei Uhr morgens konnte man sie, weiß in der Dunkelheit, auf dem Dach finden, sie war jung, als ich ihre Freundin war, hab ich sie oft mit Rufen aus dem Baum gelockt, kein leichtes Kunststück, sie war so scheu, daß sie erstarrte, wenn sie den Leichenbestatter und seinen Dalmatiner auf dem Weg hörte, sie konnte schwache, näselnde Wimmerlaute von sich geben, sie biß den Schnabel aufeinander und zittert mit der Zunge, ich fuhr sie zu einem Teich, einem netten, gemütlichen Teich, zwar konnte ich ihre Sorte Enten nirgends entdecken, aber Vögel haben Instinkte und müssen sie gebrauchen, ich öffnete den Deckel der Pappschachtel, sie saß da, zusammengekauert in ihrem Dreck, und rührte sich nicht, ich stieß sie an, und schon stieg sie in die Luft, ich hatte mir vorgestellt, ihr mit einem Taschentuch nachzuwinken, während sie zu ihren kleinen und passenderen Kameraden hinausschwamm, sie flog, der herannahende Kreis von Schwänen und Enten, in Erwartung von Brotkrumen, hielt plötzlich inne, ich sah, wie sie hinunterblinzelte, sie schienen erschrocken, so komisch, ihr Kropf leer, eine Hilfe für geschwächte Flügel, und sie flog und flog, bis sie nicht mehr zu sehen war. Ich bin sicher, sie hat sich zurechtgefunden. Die Frau, die ihn besucht, sagt streng, ist Freiheit nicht etwas Zweischneidiges, wenn man davon nicht richtig Gebrauch machen kann, ihr Leben lang gefüttert, halb zahm, ist Freiheit nicht, blah, es war nur ihr geduldetes Zuhause, höre ich mich selbst sagen, Tränen *strömen* ihm in die Augen, sich mit alten Menschen abrackern, erfüllt einen nicht, es macht unglücklich, und sie roch, der Mann sieht verstohlen zu ihm hinüber, der Bleiwurz, ich möchte ablenken, bringt es immer noch, uns zittrige blaue Blumen zu machen.

# DER GROSSE WEISSE WURM

*Owê war sint verswunden alliu mîniu jâr!*
*ist mir mîn leben getroumet oder ist ez wâr?*

Walther von der Vogelweide

## Das scheue Bisn

Du mußt ein wenig lauter sprechen. Oh, nicht brüllen. Ich hör nur ein BISN schlecht.
KANNST DU DAS LESEN? Alles in Ordnung mit dein Augn also!
Ich glaub, die Gehirnzelln nährn sich von Zucker, wie Bien, ohne genug Essen gehn sie ein, meine gehn dauernd ein, ich fütter sie, aber mehr als gut zuredn kann ich nich, warum sie ihrn Mund nicht aufmachn wolln, weiß ich nich, hst du ne Idee? Ich geb ihn Arznei, damit ihr Appetit angeregt wird. Pfeffrminztalr!!! Du hast genau das Richtge getroffn, vielleicht erholn sie sich noch.
Ich hab Farn so gern, ich lieb ihn richtig, du könnst mir nen Strauß bringn. Ich vermiss den Duft. Grüner Farn. Die Nase reinsteckn. Erst habn wir von nem Nasenhaus geredet, weißt du noch, ich kann nich immer an Erfreuliches denkn, das Dach lag eim auf der Nase, und die Nase zeigte in dn Himmel. Uns Bettlägrign fehlt Farn, keinr kommt drauf, welchn mitzubringn, sie schleppn süße Blum an, Hyazinthn & diese gelbn wie heißn sie noch mal, braune Plastikzwiebeln, ich lieb saure Blum, sie denk, ich werd plemplem, wenn ich nach saurn Blum frag. Und? Wirst dus? Plemplem.
Hm, ich bin ans Bett gefesselt. Oft bis aufs Mark durchgefrorn. Unnatürliche Kälte, die weggeht, aber man hat das Gefühl, sie ist immer da. Bist du der, der mir Pfeffrminztalr mitgebracht hat? Innendrin verfauln wir, schlimm, deshalb lassn wir die Fenstr zu, du kannst sie aufmachn, wenn du keine Luft kriegst, aber dann komm die Fliegn rein, werdn angezogn, ein Vogel kommt die Fliegn pickn, is aber scheu, & solang du dasitzt, macht er nichts. Die Opiumknospen verwelkn auf ihrn Stengeln, unsre Körper tuns lieber im Bett, so hab ich von beidn Weltn das schlimmste erwischt.
Man denkt, ein Grashüpfr hüpft in letztr Min. unter dein Füßn weg, & er tuts nich, du bis noch compos mentis, und der Grashüpfr, den du am Leben glaubt hast, is Kompost aufm Weg.

Ich denk, morgen weg, aber man ists nich!
Oder wir könntn Schach spieln, vielleicht muß du mich erinnern, auf mein Gedächtnis is kein Verlaß.
Ich träum! jede Nacht von Hunden, kleinen Hunden. Daß ich was Falsches mit ihn mach, ich trag Arme voll klein Hundn irgendwohin & ich mach mir SORGE um sie. Ich muß Arme voll zurücktragn, werd wach, bevor ichs schaff, ich bin nich so schlau, kannst dus mir erklärn, wär schön, ne Ahnung zu habn, weil ichs zu oft träum, ist nich angenehm, wir habn nie Hunde gehabt. Nichts mit ihn zu tun gehabt. Kleine Hunde. Ich würd gern von Katzn träum. Und in drei Nächtn von fünf krieg ich sie selbst! Oder so ähnlich müssen sie geborn werdn, sie habn keine andre Mutter, verstehst du, is mir peinlich, im Traum. Du bis nich zimperlich, oder
Is es ne Kriegsverletzung. Viele habn sowas, oder sind mit Gas vergiftet, is nich mehr viel los mit einem, wenn man mal mit Gas vergiftet wordn is.
Hat mir nich mehr auf den Kopf geregnet seit 1979, mein Lieber.
Hätt gern, daß einer, der mich liebt und versteht, meine Sachn durchgeht, das is alles, is nich so
Aber scheint unmöglich.
Liebt nicht vrsteht nich. Ist nur GUT! & Gutsein is nich gnug. Komisch. Wenn du öfter komm könntes, könntn wir Freunde werdn. Obwohl ich das Gefühl hab, es müßt ne Frau sein.
Wir?? Hab ich ganz vergessn. Blühn sie?
In mein Schubladn die Sachn vielleicht nicht richtig, würdes du? die zweite von untn, würdes du? Jahre her. Wenn ich weiter rumpieps, kommt nichts in Ordnung dadrin. Ich glaub ich konzentrier mich besser auf meine Korrespndenz.
Bücher versinge ich immer noch wie sonst, & ich bin noch immer ganz flink. Oh, es hört nie richtig auf, ich nehm ne Menge Pilln & sie gebn mir widerliche, so ne Art Käs. Ich guck fern & hör Radio. Mir gefällt diese Frau nich, dir? Er auch nich. Der andre, der in Amerika. Is krank, find ich. Einer wie der andere, acht Mal am Tag.
Ich will nich gehn, bevor das Land nich in sichren Händn is. Du hast

doch nichts gegen sterbn, oder? Hast du die Schublade? Ich freu mich, wenn sie mich ausm Bett ziehn, wird ne Wohltat. Sie hat alles verkauft was wir habn & unsre Einnahm verschleudrt, jedes Kind merkt, daß das falsche Wrtschaftspolitik is!! Ich mach mir SORGEN. Ich will auch nich als Geist um diese Frau rumsein, wär alles andre als angenehm, also versuch ich, mich weniger für Politik zu interessiern, kein Witz, es wär schrecklich, ohnes zu wolln wird man n Geist, keine Lust zu sehn, was sie zum Frühstück. Nur wenn ich das rationiern könnt, was sie ihrn Gehirnzellen zu essn gibt, wär das ne Katastrophe oder besser, smeinst du.
Du hast auch ferngesehn?!!!!
Sie lassn Eibärn los in Somerset. Weil die Nerze überhandnehm, und Eisbärn sind die idealn Nerzvernichter. Für die kaum mehr alsn Happn. In Yorksh, gibts Käng. Man kann sie sehn im Scheinwerfr, wenn man übers Moor nch Hause fährt. Muß sich die Fahrt n bißchen versüßen. Ja! In den Alpn, du liebs die Alpn, sollst hörn, was es da gibt. Sie habn Tiere ausm Himalaya ausgesetzt. Nich Lamas, das sind die Andn, was gibts denn noch, sag mal n paar Nam. Sie bringn die Welt extra durcheinandr, damit sie uns erziehn könn, seit x Jahrn sind aufm Cairngorm Renntiere. Nein! YAK.
Sie sollte mehr vorm Fernseher sitzn, wer aufmerksam fernsieht, weiß immer, was los ist, zigtsnd Bergarbeiter hat sie brotlos gemacht.
Du bist ein Mann, du weißt Bescheid, du kanns mir sagn, ich glaub, es muß

nimm den Durchlag

in allm ein Bisn Wahrheit gebn, wie denn nicht, es muß ein Bisn Wahrt gebn, auch wenn wir sterbn, ist doch nur logsch? Aber keiner versteht, was ich mein. In Träum und Gedankn, allm, was man nich anfassn kann, ein Keim, wir habn nich von woanders, auch wenn du & ich plemplem sind, uns bleibt doch ein Bisn Wahrheit in unsern Köpfchn, nehmn wirs mit.
Ich hab keine Lust da zu endn, wo ich mich fremd fühl, ich wär verlorn ich denk, ein Bisn Wahrt muß es gebn, kann doch nich abgeschüttelt werdn? Kannst du mir sagn eine SORGE weniger

Frauen habn eine gefährliche Logik, und das muß uns Kopfzerbrechen machn. Mußte mitm Strickn aufhörn. Man muß sich mitm kurzn Blick zufriedn gebn, die Bilder wechsln im Eiltempo, so schnell, kann ein verwirrn, vielleicht verwirrts sie, wenn sie genau hinsieht, und deshalb tut sies nich. Ich guck von Zeit zu Zeit, ich krieg mehr mit, als wenn ich ständig guck, so is das mitm kurzn Blick, man darf ihn nich in die Augn sehn

Erst hatten wir, Bisns in unsren Wäldern, weiß du noch, sind schon lange nich mehr da, das große Bisn

– große scheue Kreaturen

der Schnee hörte auf, sie vermisstn den Schnee, sie mags nich, wenn ich was verschütt, also trink ichs nich mehr, sie habn ein Zottelkinn, Flockn weggleckt, mir is zu kalt, ihn wars nich kalt gnug, & sind altmodisch

könnt sein, uns wird kältr, und kältr, dann zu kalt, & dann

Sehr müde.

Bitte komm wiedr die Alte besuchn!! War süß von dir, daß du mir das gelbe Dingdsda gbracht has

## Das dicke Ende

Es macht ein Geräusch.
Wollen Sie bitte ANHALTEN.
Es hat ein komisches Geräusch gemacht. Ich weiß nicht, keine Ahnung, wie schrecklich.
Es war ein Klopfen.
Der Motor schien irgendwie schwächer zu werden. Haben Sie das nicht gespürt?
An meinen Schienbeinen.
Die Lenkung?
Beschreiben Sie mir, was das ist.
Ich glaube, daß Autos sowas nicht mehr haben? Oh, und wozu auch?
Und wo ist die Kurbelwelle?
Wirklich?
Unterm Fuß war
Wenn Sie sich hinlegen wollen, dann bitte auf der Decke. Ich meine nur Ihre Sachen! Haben Sie ein paar Lappen? Keine sauberen dabei? Na ja, würde mich auch wundern, das ist alles. Bestimmt hat die Windschutzscheibe nichts dagegen, wenn Sie ausnahmsweise mal ihren ausleihen?
Festgefressen?
Ich kann nicht fahren.
Weil ichs nie gelernt hab. Ich werd mich stattdessen hinlegen. Ich vertrau drauf, daß Sie mich nicht überfahren. Ist Schieben nicht dasselbe? Dann eben nur ein winzig kleines Stück. Wo soll ich hingucken? Sie glauben, sie wird sich verbiegen? Sie ist aus solidem Metall! Wie sollte sie? Tatsächlich? Aber das würde man doch gleich sehen, wenns weich wäre? Hab noch nie solche Strapazen durchgemacht.
Nein. Bleibt grade und dreht sich.
Wieviel Kilometer?
Ist das die Aufhängung? Sitzt der Motor fest?

Das sollten Sie besser NICHT! Ziemlich weit zu fahren, bei dem Geräusch. Sie tun ihm Unrecht damit. Ihrem Auto. Wenn Sies vorwärts zwingen.
Unrecht.
Laut.
Ich! Sie bleiben. Vielleicht ist noch Kaffee in der Thermoskanne. Eine Telefonzelle? Bitte ANHALTEN! Vielleicht hält jemand an und
Warum nicht?
Wenn nicht, wissen Sie, was mit mir passiert ist.
Haben Sie das als Scherz gemeint?
Beim nächsten Bauern! Ist noch warm. Und was soll ich sagen? Haben Sie eine Mitgliedsnummer?
Weiter, oder zurück?
Der Mechaniker ist unterwegs.
Sie waren beim Melken. So süß. Hätte ich Geld dafür geben sollen? Ist das teuer?
Könnte ein Abschleppwagen sein. Ein Mechaniker auf jeden Fall.
Oh!
Erwartest du, daß ein Engel die Gartenarbeit macht? Kein menschliches Wesen wirds genauso machen, wie Sie es machen würden. Ob sich das auf die Ernte auswirkt? Spielt das eine Rolle, wenn ein paar Äpfel kleiner sind? Ist totes Holz was Schlechtes? Manche Leute ekeln sich davor. Wässern Sie junge Bäume den ganzen Sommer über? Wieviele Sommer? Das Grundwasser muß ganz schön hoch sein. Nicht jeder findet das richtig. Entspricht vielleicht nicht der neuesten Mode. Sie schmecken besser ohne. Doch! Wars schwer? Schwer? Ich hab zu viele Erdbeeren gegessen. Harken Sie die Rabatte *immer* jeden Herbst? Müssen sie denn aufgeteilt werden, warum? Ist eine Menge verloren gegangen? Ganz und gar? War das sehr schlimm für Sie? Ja? Tut mir leid!
Eine weiße Eule, und noch nicht einmal schummrig. Ich würde gern ein paar Schritte gehen.
Sie will ihn mal unter die Lupe nehmen.
Lupe?

Sie sagt, sie muß Sie vielleicht abschleppen. Sie glaubt, die Dichtung, kaputt. Ist das sehr ärgerlich?
Es blubbert.
Ging auch mit eigener Kraft. Wird nicht teurer, wenn sie Sie abschleppt.
Sie sagt, war schlau von mir.
Sie sagt, sie hätten kein Recht, mit mir zu meckern! Sie hätten vielleicht merken können, daß er *heiß* lief.
Ich bin okay.
Ah, früher, sagt sie, wars was anderes, diese schönen Motoren, damals mußte man noch Zwischengas geben. Hat nichts damit zu tun, daß ich zu jung bin.
Ich bin noch nie mit jemandem liegengeblieben, und es kommt im Sprachunterricht auch nicht vor.
Was das angeht, sagt sie,
wahrscheinlich wunderschöne Motoren!
Sie haben sich einen Hund gekauft, keinen zum Vorzeigen, einfach einen guten Hund. Einen Setter.
Englischen S.
Sie bekamen den besten vom ganzen Wurf, sagt sie. Der Hund hat sich nicht so entwickelt, wie sie sich das erhofft hatten.
Mängel.
Das Temperament ist goldrichtig, bei Kindern, in Gesellschaft, unsrer und ihrer.
Hm, wessen?
Vom Hund.
Er geht zu dicht hinter einem. Er hält seinen Schwanz nicht freudig, er ist entweder zu verlegen oder zu wachsam.
Armes Tier.
Und sein Kopf auch nicht. Warten Sie bitte. Ihm fehlt *Adel* im Kopf, die Kuppe ist zu niedrig. Das ist das Schlimmste.
Sie lieben ihn nicht weniger, sie lieben ihn ohne Stolz. Wenn sie ihn sehen, sind sie enttäuscht. Könnten Sie noch ein Mal die Motorhaube aufmachen. Sie sagt, sollten sie traurig über den Hund sein, weil er

keine Schönheit ist, oder sollte der Hund von ihnen enttäuscht sein. Kein Abschleppseil, die Vorderräder werden uns in die Luft heben. So geht das. Haben Sie den Gang rausgenommen? Bestimmte Leute wollen unbedingt, daß ein Hund gut aussieht, sagt sie, warum? Keinen kümmerts, wenn ein Pferd nicht gut aussieht, bei Pferden sind wir nachsichtig.
Sie sollen nicht drinbleiben, wir sollen zu ihr ins Führerhaus steigen. Der Vater des Hundes und die Großmutter haben Preise gewonnen.
Die Kinder spielen in der Garage.
Sie wagen nicht, ihnen zu sagen, daß man ein Tier auch weggeben kann, in ein anderes nettes Zuhause. Außerdem! Sie wollen nicht. Unsere Thermoskanne. Sie haben neben dem Heuschober gesessen.
Sie hat Sie nicht gehört.
Er ist eine Persönlichkeit.
Erinnern Sie sich an wacklige Räder, gebrochene Federn und kaputte Kurbelwellen? Waren die Lampen nicht so trübe im dicken Nebel, daß einer zu Fuß gehen und die Taschenlampe schwenken mußte? Richtige Abenteuer. Das dicke Ende vom Zylinder.
Das waren die Geräusche.
Und zwei seiner Zähne springen aus dem Kiefer vor, obwohl er als junger Hund ein perfektes Gebiß hatte. Man kann die *Zähne nicht sehen*. Man weiß einfach, daß sie falsch stehen. Dann fühlt man sich ziemlich schuldig!
Sie sagte, das sind ihre richtigen Sachen, wenn sie eine Kluft anziehen muß, steigt sie so schnell wie möglich wieder in ihre richtigen Sachen. Und daß die Leute Glück haben, richtige Sachen zu haben, wenn sie sie haben, daß wenn sie sie haben, sie sie auch tragen sollten, manche, oder viele, laufen ihr Leben lang ohne ihre richtigen Sachen rum, in allen möglichen Verkleidungen, und versuchen, zu gefallen.

## Den Lärm ersticken

Wie merkwürdig, ein Leben lang den Wasserfall zu hören, wo es Leute gibt, die ohne Wasserfall leben und weniger Ruhe haben. Vielleicht brauchen wir einen Erstickungsbevollmächtigten. Wir könnten auf der Alm ein Glas Milch trinken und einen Graukäse essen, wenn du Lust hast? Ich saß im Wintergarten, alleine, nur Totes im Kopf, und fühlte mich, als hätte ich einen Anfall gehabt, ich konnte nicht sprechen, die Worte verweigerten sich, wußte, ich hatte keinen gehabt, einen Anfall, konnte alle Gelenke beugen, fürchtete mich vor Begegnungen, ich starrte und suchte umständlich nach der richtigen Begrüßung, der höflichen, es war einfacher, ganz still im Wintergarten zu sitzen, ganz friedlich, und ihn wieder und immer wieder mit Orangenbäumen in Kübeln zu bepflanzen, blühenden Töpfen, Schlingpflanzen, und an Ananas zu denken, ich saß an einem Tisch und zupfte am Tischtuch, die Bäume wurden lichter, es regnete, und regnete, und ich fühlte mich wie tot. Im Winter ist der Wasserfall gefroren, weißt du, es gibt überhaupt keinen Lärm, Stille, man wacht auf und ist überrascht. Niemand hört ihn sein ganzes Leben lang, wir kommen im Sommer und sind ganz durcheinander. Es ist alles so irreführend, wir deuten und mißdeuten, und wir mißdeuten so viel, was geschieht, was man uns sagt. An einem so stillen Tag fallen Geräusche weg, als wir um's Steilufer rumwaren, erstarben sie abrupt, und das weiße Wasser im Tal. Die Leute reden dir gegenüber vielleicht nicht so gerne davon. Sie melken fünfzehn, und fünfzehn junge Kühe haben sie weiter oben. Sie erinnern mich an Zahngebisse. Muß während der Eiszeit auseinandergerissen worden sein, auf der einen Seite die Zähne, auf der anderen die Grate, die in die Gaumen paßten. Aber er sollte dir einen Stift einsetzen und eine Krone machen, den Zahn retten! Ich wüßte gerne, worüber sie nachdenken, diese Leute, die auf dem Berg leben, mit ihren Katzen, was geht in einer Katze vor, die auf die Alm versetzt wird, den Sommer lang, so nahe am frisch fallenden Schnee. Ich weiß nicht mehr, was ich denken soll, mein Kopf ist zersprungen. Ich verstehe nichts mehr, es hat keinen Zweck, mich zu fragen, ich bin sicher, ein Rest, der funktionieren kann, sollte noch übrigbleiben, scheint aber nicht so, die Zeit vergeht, und es wird nicht besser. Gemsen? Mit geraden Hörnern? Gemsen haben etwas Weiß im Gesicht. Geweihe? Rehe? Sie vorneweg! Warum so ungetarnt in Sommermänteln? Als armer Wurm. In den lauwarmen Pfützen die kleinen Würmchen, mit Schnauzen und Beinen, sie haben dies glitzrige Grau und Kupfer, als wärs festgeklebt, wie man's auf Steinen zu sehen glaubt, unter Wasser, erscheint es etwas größer, wenn sie sich nicht bewegen, sieht man nichts als das übliche Flußbett. Dutzende. Wild ist schneller als Würmer. Wär viel besser, wenn dus rausnehmen würdest, macht dir sonst Beschwerden später, Atemübungen sind gut. Einlegesohlen auch. Wie ich sehe, gibst du acht, nicht auf einen Enzian zu treten, ist das echtes Mitgefühl? Ist Mitgefühl etwas, über das man schlecht reden kann? Es hat seinen Sinn, zwar nicht für dich, aber doch für all die Enziane hier. Nur aus Mitgefühl begleite ich dich, mit all diesen anstrengenden Tätigkeiten, abgesehen vom Gehen. Ich weiß, ich seh gelassen aus, ist ein Trick, den ich vor langer Zeit beim Vieh gelernt habe. Es muß erstickt werden, das Leben, es macht ein solches Geklapper. Ich komm dahin, wo es ganz erstickt ist, und ich hab mich nicht erholt, ich bin noch immer tot. Nichts rührt sich. Ich kann nichts dafür, hast du schon mal einen gehabt, auf dem du andauernd mit der Zunge herumfühlen mußtest? Endlich kann man Unkraut von Blumen unterscheiden, Blumen wachsen da, wo Unkraut nicht mehr wachsen kann, ganz hoch oben! Ein Glück für uns, sie hassen es, dahin zu wandern, wo es nicht mehr weiter geht, die Wegmarkierung ist uralt. Es soll ganz sauber sein, kein Gletscher, keine Hütte über uns, kannst du trinken. Keine Sorge. Ich wäre lieber weitergeschlurft und hätte in aller Ruhe meine Tür zugemacht, ohne jede Aufregung, ohne den Lärm und das Ersticken. Man kann sich zwingen, aber was dabei herauskommt, ist widerwärtig. Meine Ideen haben keine Flügel. Sie sind Salami. Vielleicht ist das so wie sterben, es erwischt einen, bevor man fertig ist. Magst du ein Ei? Es ist kalt hier.

Ist dir nicht kalt? Ich habe Angst vor falschen Zähnen, obwohl die Leute mit ihnen, ohne zu murren, fertig werden, wundert mich, zig Leute werden damit fertig. Die Bekanntschaft mit ihnen rückt immer näher. Ich werde schmatzen und schlürfen beim Essen, wenn ich essen kann, oder reden, und ich werde mich erbärmlich fühlen. Dir bleibt das ja erspart. Ja, ich weiß, ziemlich jung, deshalb trifft es mich ja auch so. Wenn es keine falschen Zähne gäbe, würden mich dann diese Berge hier überhaupt an Zähne erinnern? Ist das meine Angst, oder ist es das, daß man sie herausnehmen und über Nacht in ein Glas legen kann, wo sie den Blick ganz anders auf sich ziehen. Besser, wir wären nicht so klug, jemand hat sich das Gehirn zermartert, und heraus kam eine rosafarbene Prothese. Natur und Kunst, zwei altmodische Tanten, sie schweben über uns, riesengroß, wollen einem unbedingt die Hand schütteln, und man weiß nicht so recht, na ja, Tanten, als ob sie wirklich gutmütig sind, früher hat man immer diese steifen Tanten angeblinzelt und sich gefragt, warum sie den Eltern so leid taten, mir blieb schleierhaft, was es mit Tanten auf sich hatte. Aber ohne Musik, ohne Malerei, ohne die Worte, würde dann die Natur immer noch widerhallen? Seit alle Welt auf falschen Zähnen herumbeißt, bewundern wir die Berge, nicht wahr? Wer hat sich denn vorher die Mühe gemacht hinaufzusteigen? Und unsere primitive Vorstellung von Masse und Form, haben wir sie der Natur abgeguckt oder die Natur uns, wenn wir daran herumspielen, sie zurechtrücken, wenn es so ist, warum sollte uns der eine Gipfel schöner als der andere erscheinen, ihnen gegenüber ist das mehr als ungerecht, warum sind sie nicht alle gleich schön, und wie konnte dieser Mensch sich so über die Schönheit eines Berges auslassen, den er schon sein Leben lang kennt, wie soll er erkennen, daß der Berg besonders schön *auf der Westflanke* ist, ein wunderschöner Berg, und sein Vetter hat derweil ein paar Kilometer weiter unten im Tal einen Gemsenkopf *aus Plastik* an der Wand hängen, und wir, du und ich, wir wissen, er ist ein Tölpel, oder, vielleicht auch nicht, mag sein, er ist auch von einem Fels umgeben, den die Eiszeit ausgespuckt hat, alles Plastik, oder wann auch immer da gespuckt worden ist, du kennst dich in der Geologie besser aus als ich, oder er hat schon falsche Zähne, oder er findet künstliche Gemsen dezenter als tote. Versuch's mal! Wir machen uns was vor, wenn wir unsere Erfindungen für besonders originell halten, wir könnten jetzt gut mal ein Kind rüberschicken. Und wenn jeder von uns sein eigener kleiner Künstler wird, mit unseren Erfindungen und Vorstellungen, die wir voneinander haben, ist Kunst einfach was Fürchterliches, wir sind da wie besessen, und nennen es *Verschönerung*, Entschuldiung, wir sind halt senil, traurig, wie schmutzig sie werden, zur Senilität gehört der letzte fruchtbare Augenblick, bist du da jemals eingebrochen? Und doch bleibt es unsere Funktion, zu denken, zu denken, bis alle Gedanken aufgedacht sind und wir hinscheiden können, wir sind also in einer reichlich dummen Situation. Ich bin einmal abgerutscht, ein paar Meter. Wahrscheinlich ist es das Leben, keine Tanten, das über einem schwebt, voll verwahrloster Gefühle, reif für Verschönerung. Sollte man ignorieren. Tu ich! Ich kann nicht im Wintergarten sitzen und an der Tischdecke zupfen, ich renne, ich muß fast bis ans Ende der Welt kraxeln, um meinen Kopf in den Schoß der Natur zu legen, eine Tante im Wintergarten, und eine Tante in den Bergen. Vielleicht erwische ich es und kann es sehen, etwas, noch einmal, wie es gerade verschwindet, wie ein Tier, das sich unsichtbar macht, oder die Sonne, wenn ich restlos erschöpft bin.

## Mist regnen

Im Blauen, weißt du, gibt es einen Pferde-Engel, er liebt uns so sehr, daß er da oben lebt, um Mist zu machen, ja, er läßt ihn natürlich auf die Erde fallen, er macht uns fruchtbar, er schläft in einem Stall, nachts ist es bestimmt sehr kalt, glaub ich, die Sonne verschwindet, Sterne ziemlich schwach, Mond nicht warm, der Dung muß früh beim Morgengrauen ausgemistet werden, später würde er uns bespritzen und schmutzig machen, was blickst du so traurig drein, manchmal wird ein Junge dazugeholt, er tut Heu in seine Raufe, er mäht Gras für ihn, er hat immer viel zu tun, er weiß, was er wert ist, der Pferde-Engel ist sehr lieb zu ihm, er ist sein Freund, er hat in der letzten Zeit mehr gearbeitet, sie sind gute Freunde, er muß ewig so weitermachen und den Mist unten verteilen, sie wollen mehr Mist, er ist glücklich, daß der Junge die Arme um ihn gelegt hat, die Erde ist vergiftet, und er ist oft erschöpft, Dankbarkeit von unten kommt selten, seine willigen Arme werden gebraucht, die Erde, die arme Erde muß kleine Jungen vergiften, immer mehr kleine Jungen, die Erde hat keine Schuld, der Pferde-Engel hört die Erde weinen, er hört hin, gütig, er versucht, mehr Mist, noch fruchtbareren zu machen, er zerreißt sich die Flanken dabei, wenn er den Mist macht, die Erde weint, was auf zwei Füßen geht, bekommt das nur am Rande mit, oder begreift nicht, worum es eigentlich geht, der Pferde-Engel wird dir vergeben, weil du keine Ohren hast, du hast kein Pech, ich habe auch kein Pech, sei nicht traurig, wenn du frühmorgens, bevor es hell wird, in deinem Schlafanzug rausgehst und dann der Mist knapp an deinem Kopf vorbeisaust, vielleicht wirst du dich dann erinnern, daß du den Jungen, der ausmistet, schon kennst, taub wie du bist, hörst du vielleicht den Pferde-Engel, wenn er wiehert, ich bin mir nicht sicher, ich werde es erfahren, wenn du rufst, hören wir dich vielleicht! Eine Mistgabel wird da sein und warten, aber von Schokolade und Himbeeren würde ich Eisen bekommen, vielen Dank, sie füttern die Alten damit, die keine Zähne haben, und sie glauben

## Alte Nadeln

Die Lärchen verlieren sie alle, ihre alten Nadeln, die Kiefern und Tannen auch, aber sie bekommen gleichzeitig neue, sie zeigen nur ein bißchen mehr Zweig, wir verlieren unsere neuen Nadeln und behalten die alten, sie sprießen hilflos aus unseren kahlen alten Zweigen, mit alten Nadeln kann man nicht viel anfangen, verblaßt und hart, können sie nicht für uns atmen, sie haben keinen Saft, und was ein bißchen traurig für sie ist, sie behalten eine Erinnerung davon zurück, wie es war, wie es sich angefühlt hat, sie müssen das, um festzuhalten, sie haben bestimmt große Sehnsucht, selbstverständlich ist für uns nicht Jugend oder Kraft, sondern ein Gehirn, das empfinden und befehlen kann, und nachts ohne irgendeine Scheußlichkeit träumen, also zermartern wir es, wir zermartern unser Gehirn und sind erschöpft, wir brauchen jetzt die Kraft, die Arme zu heben und uns auf den Kopf zu hauen und unseren eigenen Schlägen standzuhalten. Ich dachte, ich wäre am Ende, könnte nichts mehr tun, aber langsam merkte ich, da war mehr, viel mehr, aber ich konnte nicht, und das war viel schlimmer. Das Dumme ist, die Leute putzen sich die Nase nicht mit ordentlichen Taschentüchern, nicht nur Pisse von Frauen und Scheiße, im Juni oder Anfang Juli ist es besser, im Winter schmilzt es. Ich frage mich, ob sie sich in die Stollen wagen. Ich schlage mir an den Kopf, und eine ganze Gesellschaft von unorganisierten und ungeordneten Gedanken springt heraus. Möglich, daß Senilität für uns der Normalzustand ist, absolut. Die plemplem sind, die machen immer so weiter, versuchen, Traum und Wirklichkeit zu trennen, wir versuchen, gut zu sein, wir wissen, das wird von uns erwartet. Für sie ein für allemal verloren, die Dinge, wo sie doch wichtiger sind als Gehen. Wir hissen unsere Fahnen. Höchst unwahrscheinlich, daß du ein paar Amöben und Wassertierchen mit runtergeschluckt hast, davon bekommt man sie nicht. Ich stöhne, aber was um alles in der Welt ist das, Konzentration? Die ärmste, sie hat mir erzählt, sie habe eine Jugendgruppe getroffen, du weißt ja, wie rücksichtslos sie dahertrampeln, der Lehrer hat sie gegrüßt, und sie machte Platz, der Pfad war schmal, nackter Fels auf der einen Seite und auf der anderen, tief unten das Wasser, ein Mädchen guckte ein wenig beschämt, und man wird es satt, dem jungen Volk Platz zu machen, es macht einen verrückt, daß sie so in Trance sind, daß sie weder links oder rechts gucken, die vorne nicht mit denen hinten sprechen, sie oft nicht einmal sehen, und doch bewegen sie sich alle wie ein einziger Körper, gehen völlig darin auf, ein Körper zu sein, vollkommen bedient, fand sie einen winzigen Spalt, in den sie sich stellen konnte, ein Junge stapfte gedankenlos vorbei, und seine Rucksacklasche, oder Schnalle, schrammte an ihrem Arm vorbei, da sah sie rot und ging auf sie los, boxte auf einen Jungen ein und ohne ein Wort fielen sie über sie her und stellten sie dann mit wortloser Artigkeit wieder auf die Beine, sie hinkte davon und setzte sich irgendwohin, wo's feucht und klamm war, und holte sich eine Erkältung. Wenn das Konzentration sein soll, so ist das unsere Sache nicht, geschweige, daß wir große Sehnsucht danach haben. Aber nein, Sie ist nicht kaputt, braucht eine neue Batterie, warum hast du sie gekauft, wenn du diese neumodischen Dinger nicht magst. Nimm doch meine, es ist so wunderbar friedlich ohne, die Sonne tuts wirklich auch. Ich war alleine, die Leute schienen ihre Taschentücher mitgebracht zu haben, Baumwolle, in den Taschen, und wenn Menschen da sind, ist es ein Grab, mit dem Murmeltier war es ganz lebendig, die ziehen auch ihre Ekstasen aus der Natur, obwohl ich hoffe, sie wissen nichts vom verpaßten Leben, manche Tiere müssen eine Ahnung davon haben, wenn auch nicht wegen der anderen Sache, in der Luft ein Geruch nach Fäulnis, Wind kühl, Sonne brennendheiß, Schieferstückchen, die runterfallen, und wenn das Murmeltier pfeift, wenn die Wache auf Posten steht, flappt und knallt meine Fahne, stimmt, manchmal versagt die Natur, oder ich versage und kann ihren Schoß nicht berühren, die Wache auf den Steinen, sie haben sich gesonnt, schon ein bißchen wohlgenährt für den nahen Winterschlaf, der Schoß ist eben nicht immer da, das muß man begreifen, hat anderes zu tun, *wird nicht* mehr da sein, wenn man nach ihm ruft. Weil meine Fahne noch flattert, möchte ich mich auf dem Rasen niederlegen, hoch oben, da in der Nähe, wo aller Rasen aufhört, und einschlafen, durch die Augenlider in den Himmel blicken und nicht aufwachen. Aus Vergnügen, nicht aus Verzweiflung! Ich hatte Adler gesehen. Adler! So lange wie ich wissen darf, daß die Natur köstlicher ist als der Traum. Mir kann nicht leicht ums Herz sein, mir ist sehr schwer ums Herz, wäre mir leicht ums Herz, so müßte ich mich darüber empören. Wenn ich das nicht könnte, sterben wollen, würde ich meinen, ich sei krank. Meine dahinschwindenden alten Nadeln machen mich nervös. Ich hoffe, es ist *plötzlich* vorbei, und man hat gerade noch Zeit, sich zu wundern.

## Der große weiße Wurm

Lieber, verehrter Freund! Wenn Sie über die Albrechtalm ins Hasental gehen, werden Sie den BLAUEN WIESENstorchschnabel sehen, wächst da zahlreich, ist eine gewöhnliche Pflanze, die es da oben in Massen gibt. Sie treffen auf verschiedene KLIMA & Boden, & jetzt in diesem Moment sind alle Blum entweder blau oder WEISS, ist auffällig, in vier Stunden können sie leicht hinaufwandern, der Schmerz in der Blase gestrn war bestimmt Heimweh, im Essen meiner FRAU ist nichts saures, natürlich freuen wir uns, wenn Sie noch ein wenig länger bleiben, auch ohne die Busenfreunde, sollte Ihnen entgangen sein, daß sich die anderen Gäste gelegentlich gestört fühlen, meine Frau sorgt sich, außer wir bringen sie allesamt weg, niemand will Nachts geweckt werden, warum werfen Sie nicht mal nen Blick auf Ihre Uhr, eine schöne Uhr, die man gerne bewundeRT, man kann sie nicht bewundern, wenn man sie nicht ansieht, wäre schön für Sie, im Schlaf hört man GeräuSche, von denen man wieder wach wird, weil sie den ganzen Tag damit verbringn, die Beine in den BeRgen auszuStreckn, haben die Gäste häufig Schwierigkeitn, SchlaF zu Findn, MEINE FRau arbeitet ziemlich viel, wär nett von Ihnen, für ESSEN & TRinkn kann schon am Abend gesoRGT werden, der Balkon ist für den Tag gebaut worden, da DOnneRn die SCHRitte nachts leicht in allen Zimmern, die Liegestühle sind immer so SpeRRig, ich selber krieg sie nicht auf, ohne eRSt ein völliges Durcheinander, ist vielleicht komisch, aber der Mond lächelT nichT, nur die Sonne, Ihre WäSCHe kann besorgT werden, werden Sie die Saubre nicht mit dem durcheinANder bringen, was erst noch sauber werden muß, meineR FRau sind die TRänen gekommen, als sie sah, daß ihr STapeL zum BÜGLn andre WÄSCHEstücke kennengelernT hatte, man muß eben ein bißchen nachdenken, wir sind vielleicht mehr dran gwöhnT als ihr, ein schönes Stück, lohnt sich, zu PFLegn, wir PRägens unsrn KIndrn ein, Sie nicht auch, die SERviette liegt in einer ROTN Tasche, jeder GaSt haT seine EIGne Farbe, Sie finden sie beim Frühstück neben Ihrem Teller, andre SERviettn liegn in Reichweite, aber Sie *sollten nicht* mit ihnen essen, Gäste haben eine gewiße PRIvatSPhäre um die LiPPn herum, Sie sind PENibel, und die andern vielleicht auch, meine FRau kannich rechtzeitig die TAschn untersuchn, ein KInd tut sein BeSTes, was für ein THEAter, geistesabwesend sind wir sehr gern, also machen Sie sich nichts draus, ist ja nicht so, daß Sie eingesperrt sind, also ist für Sie nicht mehr natürlich, was natürlich war, finde Sie liebenswert und bescheiden, nein, kommT mir so vor, meine FRau hat zu viel zu tun, daß Ihre bedauerliche SCHwerhörigkeit Sie glauben läßt, Sie könnten einfach so durCHs Haus schweben, ohne SCHaden anzurichten, ABER NEIN, seien Sie FRoh, daß ichs Ihnen sage, wir alle wären gerne menschlich, ja doch, Sie sind eine TREUE SEELE, Sie werden noch jahrelang eine treue Seele für uns bleiben, treu, treu, wie es aussieht, wird das Baby vielleicht erstickn, auch wenn Sie wie ein Großvater zu ihm sind, kleine Kinder sind widerstandsfähig, Sie sollten sich keine SORGen machen, die älteren werden nicht ersticken und passen besser, Sie dürfen nicht glauben, wir seien Ihnen BÖSE oder Sie müßten SCHnell weg, Sie sind BELIEBT, davon dürfen Sie ausgehen, ich schreibe so ausführlich, weil es mir eine große Hilfe ist, ich will Ihnen abeR nichT länger dazwischenkommen. Wenigstens eine SPitzhacke für den gRoßen weIßen WuRM brauchen Sie. Sie sind SCHLECHT auSgerüSTet!

## Taube Eier

Getträumt. Von einer Frau, die mich anschrie, ich nehme an, Sie sammeln sie, übergeschnappte Weiber, sie brachte mir bei, mich hinzusetzen, ich sollte es offenbar lernen. Sie halten die Finger so weg, lassen den hinteren Teil runterklappen, drücken mit den Daumen da, brüllte sie, reine Begabung, Sie müssen einfach daran *glauben*, daß Ihnen die Finger nicht zu Brei zerquetscht werden, die englischen Liegestühle haben vergessen, was das ist, Armlehnen, Sie stehen dahinter, ja, um den nervtötenden Zusammenbruch des Hinterteils zu verhindern, nein, Sie solltn es von vorne machen, eine Armlehne in jeder Hand, es läßt sich nicht alles verdrehen und verbiegen, es muß sich ordentlich aufklappen lassen, aber wenn Sie dn Daumen nicht richtig halten, verstellen sich die Armlehnen und hängen sinnlos herunter, ist Ihnen nicht aufgefallen, daß es auch mit Armlehnen ginge, ist viel bequemer, noch der bescheidenste hat welche, und reichlich Segeltuch, es ist ein Krankheitssymptom, wenn die Armlehnen verloren oder vergessen sind, irgendwas stimmt nicht mit England, wahrscheinlich kommandiere ich hier viel zu sehr herum, schrie sie. Und ich dachte, obwohl ich träumte, im Traum weiß ich, wie man Liegestühle aufklappt, wie kommt das, wo es mir doch normalerweise gründlich danebengeht, und sie stachelte mich an, tragisch, sagte sie, vom Schicksal zum Kommandieren auserkoren zu sein, Widerrede regt sich in der Brust der Opfer, und auch noch begabt dafür!
Ich hab mich gefragt, schrie sie, was Stiche angeht, warum muß eine Biene deshalb ihr Leben lassen und eine Wespe nicht? Die Biene stirbt, weil sie ihre Königin beschützt, den Bienenstock, andere Bienen, und nur aus *Versehen*, aus einer Unaufmerksamkeit, in einer klebrigen Situation, sollte Ihnen eigentlich nicht an den Hals kommen, ihr Atem berührte meine Backe, und panisch werden, wenn sie einem an dn Kragen kommt. Bienenverschwendung, und wenn irgendein neugierig stöberndes Tier in den Bienenstock einbricht, ar-

mes Tier, eine Katastrophe, alle Bienen stürzen hervor und sterben, sogar die Königin, überrannt und innen allein zurückgeblieben, stirbt vielleicht, und wenn die Bienen auch hinter ihrer Farbe in den robusten Wohnungen sicher genug sein mögen, und die neugierigen Tiere, auf der Alm, im Sommer, sind sie verletzbar, wenn Bienen sterben, ist das ihr letzter Ausweg, wenn eine Biene für sich allein stirbt, ohne eine andere zu beschützen, sich dahin wagt, wo sie nichts verloren hat, dann geschieht das als *Strafe für Individualität*, das, wovor wir geradezu platzen, früher waren wir nicht so voll von uns selber, so eifrig damit beschäftigt, unsere Gefühle und läppischen Gedanken niederzuschreiben, die Spannungen in unserem kleinen Leben abzuklopfen, dann entwickelten wir die Begabung dafür, tun es die ganze Zeit, hegen und pflegen sie, bedauern diejenigen, denen sie fehlt, wir werden aussterben, es kann damit nicht so weitergehen, in einer gemeinsamen Welt wird ein jeder gerne still sein, Wackelpeter wird nicht mehr in Häschenformen gemacht werden, oder in Schildkröten, es wird eine Art Gnade sein, dabei zu sein und dazuzugehören, Individualität ist etwas Ungezogenes, da bin ich mir ganz sicher, und plötzlich kam sie mit ihrem Mund ganz nahe an mein Trommelfell, ungezogen, den Kopf in den Schoß der Natur legen zu *wollen*, *ganz alleine*, und all die schönsten Momente für sich haben zu wollen, beim Zahnarzt ja, schrie sie, das ist ein Paradies des Fortschritts, aber warum sollte die Biene sterben und die Wespe leben, die gute Biene, was tut eine Wespe, um das zu verdienen, weißt du, was eine Wespe tut, ist die Biene gut, weil sie Honig macht, oder schöner ist, zufällig essen wir Honig, und, nachdem sie mich im Liegestuhl sitzen hatte, sah es so aus, als wollte sie mich damit umkippen, die Biene macht Honig für den Stock, für ihre Königin und Prinzessinnen, wir *stehlen* den Honig, die Bienen müssen ihre Anstrengungen verdoppeln, damit sie uns ernähren können, müssen mehr tanzen, mehr fliegen, und im Traum quälte mich der Gedanke, das alles, damit unsere Gier nach Süßem befriedigt wird, und wenn wir sie im Winter mit Zucker versorgen, ist das ein *minderwertiger* Ersatz, ist die brave Biene gut, weil sie im Allgemeinen aufgeht, vielleicht, oder es versucht, wenn wir aufhören, Individuen sein zu wollen, werden wir dann gut sein, wir teilen Bestrafung aus, in unseren Hemdkragen, mit unseren neugierigen Tieren, arme Tiere, sie müssen an Stichen sterben, die Bienen sammeln endlos Bestrafung, stimmt, die Wespe wird in ihrem eigenen Nest verbrannt, aber warum sollte die Biene vis-à-vis der Wespe nach dem Stich sterben? Sie kreischte, als ich ihr das sagte. Es ist nicht leicht, eine zu finden, die attraktiv ist, sie sind solche Parasiten, falsche Voraussetzungen, und da wurde sie rot, könnten wir ohne sie leben, oder, in meinem Traum wollte ich unbedingt aufwachen, sind wir die Parasiten, *wir* bauen auf *sie*, heikel, mit einer Biene im Nacken und *ohne Warnung* so still zu sitzen, auf dem Schoß könntest du sie beobachten, *ich* hab mal geträumt, dröhnte sie, ich würde meinen Kopf in einen Schoß legen, ihn umdrehen und hinlegen, eine einfache Geste, ich sehnte mich danach, tat es aber nicht, und von allen erotischen Verflechtungen und Entflechtungen, sie schaukelte mich in meinem Liegestuhl, trotz all dem Wälzen im Heu zur Zeit der Jugend und Kindheit und des Erwachsenseins, wenn das Heu zerwühlt und das Bett ein unfreudlicher Ort wird, ist dies der stärkste Wunsch, der, an den ich am häufigsten denke, und daß ich es nicht tat, nie, meinen Kopf in jenen Schoß zu legen, gehört weder hier noch dorthin, es war *Instinkt*, das Heu wird langsam starr und gefriert, ist nicht länger im Schober, sondern treibt nach oben, verkehrte Welt, und drückt harte Berge an den Bauch, der Gletscher, dachte ich, sie meint den Gletscher, wir sehen ihn von weitem, schrie sie, aus Spaß ist Ernst geworden, und trotzdem möchte ich lachen, laut heraus, oder niesen, in meinem Traum spürte ich, ich hatte zu viel mit ihm geredet und mir seine windigen Ideen angehört, sie gab mir einen Stoß in die Rippen, warum sind die Würfelhühner ausgestorben, weißt du's, haben sie *so viele* taube Eier gelegt... Ich erwachte, ich wußte nicht warum, ich müßte ihn fragen, er würde... Ich schlief und träumte weiter, ob die Frauen bezweifle ich, murmelte sie, die übergeschnappten bestimmt nicht, wir werden in der Nähe bleiben, um deine Liegestühle für dich auseinanderzuklappen, dich in eine sitzende Position zu rücken und... Etwas zwinkert mir zu, über eine Felsspalte hinweg, es zwinkerte und zwinkerte, als die Sonne hineinkam, sah man direkt durch seinen Kristallkörper, die Sonne schien, und es zwinkerte, riesig, in einer Felswölbung, mit einem Hammer und flinken Beinen hätte man's vielleicht erwischt, es zwinkerte und zwinkerte, ich wandte die Schulter, es begann, zu rufen, es brüllte, ich wachte auf und sagte, lächerlich, absolut lächerlich, dies ganze Geschrei, im Traum.

**Indigo**

Oh meine liebe Ente, wenn ich mich aufrege, backe ich einen Kuchen, ich koche, der Kuchen wird nicht so schmecken wie früher, ich werde ihn auch gar nicht erst essen, macht nichts, so viele Tropfen Kaffee – nein, Bittermandel – Essenz, so viele Tränen, Kummer ist verführerisch, fürchte ich.

Bevor er von uns ging?

Für kurze Zeit glaubte er, wir hätten ein Nazi-Nest im Dorf, Nazis oder Nazi-Jäger, ich weiß bis heute nicht, was genau, oder wann die Verwirrung entstand, und daß sie uns wegschleppen und töten würden, ich nehme an, er ist in diesem Glauben gestorben, das ist sehr traurig, bis dahin war er so klar, daß es geradezu unheimlich wirkte, auch noch nach dem zweiten, wenn er sprach, nuschelte er ganz unverständlich, nur vereinzelte erkennbare Wörter kamen raus, aber man merkte, er funktionierte noch, so wie der Heizofen. So scheint es zu gehen. Man stirbt mit irgendeiner verrückten Idee.

Du mußt das so sehen: wir hatten Glück, fast dreiundvierzig Jahre voller, ja, ich würde es Glückseligkeit nennen, und du? Vollkommene Glückseligkeit ist etwas Wunderbares, sie wurde kaum einmal gestört, wir haben sie nie verloren.

Ich habe ihn immer ins Treibhaus geschoben, wenn Besuch kam, hab ich Tee gebracht. Ich vermisse es ziemlich, nach seinem Tod löste es sich in einem Sturm vom Haus und brach zusammen und war ein einziger Scherbenhaufen, das Glas zerschnitt all die zarten Pflanzen, und dann der Frost, der Wein lebt weiter, still und krüpplig. Im Treibhaus mischte er sich seinen alten flüssigen Mist, mit dem weichen Wasser, mit Regen. Sind keine Zwiebeln drin, ich esse auch keine rohen Zwiebeln, keine Sorge. Stinkt nicht, wenn er flüssig ist.

Man nimmt Pferdemist und stopft ihn in eine Gießkanne. Eine kleine Schaufel voll? Man hat dafür eine Extra-Gießkanne. Umrühren mit einem gegabelten Harkenstiel, eine halbe Woche warten, eventuell zurückgebliebene Klumpen mit dem Ende des Harkenstiels zerdrükken, wieder umrühren, kräftig, am besten die Hosen dabei vollspritzen, und fertig. Ist beileibe nicht stark, wohlgemerkt, und nicht ganz so wirkungsvoll, tut's vorübergehend oder nachträglich, als Auffrischungsmittel. Ich hab immer zu diesem hausgemachten gern noch eine Menge künstlichen Brei hinzugegeben, wenn er mir den Rücken zukehrte, er war so selig, wenn der Salat ansprach, oder der Spinat. Er verbrachte Stunden über seiner Gießkanne, sie war sein ein und alles. Man durchlöchert die Erde, mit einem Pflanzholz, und man gießt es hinein, es muß an die Wurzeln kommen und darf die Stiele nicht verbrennen, man sollte unbedingt seine eigenen Vorsichtsmaßnahmen treffen, falls man keine ruhige Hand hat, ein paar kleine Gräben und Wälle, die Löcher gehen schräg rein, man füllt sie auf, bis jeder Setzling einen guten halben Liter in seinem Loch getrunken hat, und dann drückt man sie fest hinein.

Wenn ich an flüssigen Mist denke, sehe ich sein Gesicht. Wie lange kann man das? Wie lange noch muß ich an flüssigen Mist denken, bevor ich mich an sein Gesicht erinnern kann, werde ich eines Tages nur Mist sehen und kein Gesicht hinter dem gegabelten Harkenstiel? Ohne daß sich was regt?

Im Traum wird er funktionieren, das weiß ich, selbst wenn es im bewußten Zustand schon nicht mehr geht.

Zweimal habe ich von einer jungen Elefantenkuh geträumt, sie kommt auf mich zu, überschäumend vor Liebe, ganz nach Art der Tiere, sie stemmt ihre Vorderpranken gegen meinen Bauch, bei einem Elefanten ist das wirklich ein bißchen viel Afrikanisch. Ich überrede die Füße, wieder auf den Boden zurückzukehren. Sanft. Elefantenfüße bringen mich immer fast zum Weinen. Die Dichtung muß ausgewechselt werden. Ich hab dir ein Handtuch rausgelegt! Zweimal ist der Elefant zu mir gekommen, und ich werde mit einem Glücksgefühl wach und lächele. Ich hoffe, so war es auch für ihn, Elefanten, keine Nazis. Oder Nazi-Jäger. Natürlich war das merkwürdig, höchst merkwürdig. Die Unschuldigen nehmen die Schuld auf sich. Ich hoffe, er hat die Kinder nicht für Nazis gehalten. Aber eine Woche Delirium

nach einem glücklichen Leben, lang und glücklich? Vielleicht klinge ich gefühllos, ist man ja schon aus purem Selbsterhaltungstrieb, wenn man den Gedanken nachhinge, die jemandem beim Sterben durch den Kopf gingen, das wäre unterträglich. Diese Woche steht mir auch noch bevor, dir auch, es ist der Spaten, der einen von unten kalt ansticht. Aufbewahrt für was, frag ich mich. Meine Hände werden sich nicht bereitwillig an die Arbeit machen. Nicht für mich alleine. Ich kaufe schleunigst Deckel für die Marmeladengläser. Sie warten in der Schublade, Freunde, die ich nicht mag, wühlen im Obst herum, Indigo liegt glatter und dick auf meinem Fleisch, auf meinem Fisch, ich geb nur schlecht auf mich selber acht. Ich würde alles geben, könnte ich noch einmal Tee ins Treibhaus bringen.
Rausgehen?
Armer Fasan. Sie bauen sich Nester, dort im hohen Gras und verlieren die ganze Brut an den Habicht.
Ist nicht immer irgendeine dumme Kuh dabei, die, wenn ihr auf engem Pfad Fremde entgegenkommen, herumschwenkt, mit den Augen rollt, am liebsten ihre Hörner abwerfen würde, wenn sie noch welche hätte, die ganze Herde durcheinanderbringt. Wie wir.
Sieh mal, wie schwer der Tau, im Schatten, und es ist Nachmittag! Kein Tau im Himmel, da bin ich sicher, im Himmel gibt's keinen. Ich denke, warum nur mußte er die blühenden Schneeglöckchen allein lassen und die knospenden Osterglocken und die Primeln, die Vögel in den Bäumen und den Geruch von all dem Wachsen.
Du verlierst Öl, wie kommt das?
Ich glaube der Himmel ist nicht ölig.
Fahr vorsichtig. Auf Wiedersehen.

## Pinkeln für Cynthia

Ich hab nicht gesagt, Sie wären einer.
Aber Sie brauchen nicht ewig zu mir zu laufen, bis Sie endlich einer sind, Sie können das selber ganz für sich alleine zu Hause werden.
Hippokratisch hat überhaupt nichts mit einem Hypokriten zu tun.
Normalerweise nicht. Haben Sie Ihren Zahnarzt gefragt? Und was meint der?
Ist Ihr Biß so, wie er sein sllt?
Haben Sie geboxt?
Die Muskeln vlleicht. Oder Sie achten zu sehr drauf.
Ich selbst auch mal, keiner von uns ist immun dagegen, ist alles von mir, der ganze Plunder, nicht ein schwarzes Schaf drunter. Kein verräterisches Anzeichen.
Genau die Symptome, jedes einzelne.
Mußte ich vergessen. Sehr peinlich.
Sie nicht, würde ich sagen! Weit offen!
Jemals eine Verrenkg?
Könnte dazu beitrgn. Zähne wann gemacht? Keine Probleme? Geruht es denn wenigstens, nachts wegzugehen?
Wie bald nach dem Frühstck?
Und wenn locker, bleibt's locker? Sie slltn sich vllcht kleine Mittagsschläfchen angewöhnen. Kein Zähneknirschen dann. Erstaunlich. Dachte, Sie wären ein Knirscher. Viel schönen Schlaf. Warum ist es jetzt gut?
Ist gut.
Wie soll er ahnen, daß er sich benehmen muß, sobald er hier ist.
Ich hätte rauslaufen und Sie auf der Str. abfangen slln.
Ich nehme an, da spielen Ihnen komische Empfindungen einen Streich, wissen Sie.
Im Augenblick geschlossen, wie es sich gehört.
Immer, wenn Sie alleine sind?

Was tun Sie dann?
Tut es weh?
Merken es die Leute? Hören Sie sich an wie sonst? Schmerzen die Zähne später? Der Gaumen?
Salz und Wasser.
Da haben Sie Glück, daß Sie sich gerade mit diesem Teil von sich beschäftigt haben.
Prostata/Hämorrhoiden/Gangrän! Gicht/versch. Blutgefäße, alles nicht?
Nicht auf Frn beschränkt.
Sie slltn mal kommen, wenn er sich nicht wie üblich aufführt.
Schlafen?
SCHLAFEN Sie?
Gehört nicht zu meinem Fach.
Ein bißchen brutale Veränderung hat noch nie geschadet.
Prima. Bleiben Sie so. Noch nicht fertig mit Ihnen.
Diese Zähne stoßen aufeinander, Zunge nicht vergrößert, Mandeln bestens intakt. Rätselhaft.
Wenn ja, vllcht ein Hinweis.
Reden Sie weniger.
Ich werde eine Urinprobe nehmen.
Protein.
Kann jetzt nicht extra dunkelmachen.
Einen sterilen, Sie machen es in den kleinen Behälter im versiegelten Umschlag, Sie decken ein Kleenex darüber und tragen es ohne zu stolpern durchs Wartezimmer.
Muß gute Miene machen, Melancholie nützt nichts.
Soll's denn weit gehen?
Klopft's, wenn sie raufsteigen?
Wie schnell?
Klopfen Sie auf den Tisch.
Gut. Und Atmung?
Kann nicht sein. Niemand atmet leichter in dünner Luft. Na, solange sie nicht leichtSINNIG sind. Vorsicht!

Eh? Noch nie. Kann schließlich nicht alles machen.
Sie slltn vllcht von den Lippen lesen lernen.
Zum Teufel mit einer Sprachen, warum nicht mit zwei anfangen.
Werd ich abhören, wenn Sie hier sind, mit ihrem Wehwehchen!
Der Körper führt uns immer wieder hinters Licht: Ich wüßte nur gerne, warum? warum?
Häufig ohne Sinn und Zweck. Kein Weinen, keine Aufregung, war nichts.
Allerdings nicht immer harmlose Zerstreuung. Reine Willkür.
Tief einatmen!
Kreislauf? Die alten Füße?
Krempeln Sie ihn hoch. Ist ein neues Gerät, schnelle Beschl., gemessen am Quecksilberstand.
Tiptop. Mehr oder weniger.
Mal sehen. Auf das Kaninchen gucken.
Direkt auf mein kl. Licht. MEIN kl. L. Ganz ruhig.
Wenn Sie fahren, kann ich sie nicht weiten. Kann sein, aber Sie *sollten* wirklich *nicht*. Es genügt Ihnen wohl nicht, daß Sie sind! Werd mich frühzeitig pensionieren lassen.
Altersschwäche.
Geht mir nicht so gut dieser Tage, wünschte, ich hätte so ein kleines Wehwehchen wie Sie. Probleme mit dem Bauch. Bis Januar.
Nicht zu lange darauf warten. Alles Gute. Nicht vergessen, pinkeln für Cynthia.
Tschüß.

## Freiraum

Ich dachte, du hättest ein Auto, nein, ich nicht, denken ist immer fatal. Du hattest gesagt, wenn wir in der gleichen Gegend sein sollten, wär's schön, wenn wir uns treffen könnten. Ich sagte ja, begeistert sogar. Wär schön gewesen. Aber dann wolltest du, daß ich an die Küste komme. Ich hatte nicht verstanden, daß es bedeutete, ich solle zu dir kommen. Wär möglich gewesen, nicht ganz ausgeschlossen. Wenn ich in Jugoslawien gewesen wäre und einen Platz für meine Sachen gefunden hätte. Im übrigen war ich gar nicht in Slowenien. Du hast wahrscheinlich angenommen, ich käme. Ich war mir nicht sicher. Ich wollte dich sehen, ja, sehr, aber ich war mir nicht sicher, am Telefon, ob ich auch so gerne an die Küste käme. Du konntest nicht hören, wie unsicher ich war, und offensichtlich hat dir das auch niemand mitgeteilt, du berücksichtigst das nicht, bei der Schwierigkeit, mit dir zu sprchn, ist das nicht so einfach, dir etwas mitzuteilen. Du hast dir vielleicht nicht vorgestellt, hast du dir das mal vorgestellt, tut man ja nie, wie vollgeladen ich war, bei aller Fairness, du konntest ja nicht ahnen, daß ich mit viel zu viel Gepäck losgefahren war, wo ich doch normalerweise mit wenig reise. Ich war erschöpft. Mit Auto ist das anders, du kannst dir überhaupt nicht vorstellen, wie anders, bis du es selber ausprobierst, man wird insgesamt kleiner als Person. Du konntest mir keine Adresse geben, du wußtest nicht, wo du wohnen würdest, natürlich ist es klein, natürlich hätte ich dich finden können, obwohl, mit einem Auto ist das anders, ich war besorgt, es könnte zu teuer sein, da, wo du wohntest, wo hätten wir essen sollen, vielleicht war es zu eng, wo sollte ich wohnen, kann mir vorstellen, daß es langweilig war, so ein kleiner Ort, ohne mich, und Schwimmen, der Strand, ich schwimme nicht mehr, warum, spielt keine Rolle, ich hatte nicht unbegrenzt viel Geld, und das mußte lange reichen, dummerweise bist du gleich zu Beginn gekommen, als ich nicht wissen konnte, wie gut alles laufen würde. Ich wußte noch nicht, ob ich aufkreuzen würde, konnte nicht einfach wie ein Packesel quer durch Europa gondeln, ich hatte nichts zum Anziehen für die Adria, oder nein, ich hatte was zum Anziehen, aber nicht für die Adria, wenn man im Auto herumkutschiert, fällt einem nicht mehr ein, was man alles mit sich schleppen muß. Ich wollte, ich hätte bei dir auftauchen können, wenn du auf mich gewartet hast, gelangweilt, schrecklich, daß ich dich nicht erreichen konnte, ich wollte eine Nachricht hinterlassen, schreiben, wenn ich nur einen Augenblick angenommen hätte, daß du mit meinem Kommen gerechnet hast, ich weiß, ich hatte geschwankt, hatte deshalb halb ja gesagt, ich hätte vielleicht die Hotels antelefoniert, die Pensionen, das Touristenbüro, um dich ausfindig zu machen, aber so eine nervtötende Sucherei ist nicht meine Art, du hast offensichtlich mit niemandem Verbindung aufgenommen, ich hatte keine Möglichkeit herauszufinden, wo du warst, ohne unverhältnismäßigen Aufwand, ich wollte dich schon sehen, hatte aber Dinge zu erledigen, wichtigere Dinge, mußt bedenken, wie knapp bei Ksse ich war, als übertr. Aufwand. Daß ich dir nicht Bescheid sagen konnte, was ich vorhatte, war nicht meine Schuld, letzten Endes bist du selber schuld. Oder es war ein bißchen unvernünftig von dir, nicht daran zu denken, daß ich abgeschnitten war und daran absolut nichts ändern konnte. Ich mache dir keine Vorwürfe, ich versuche zu erklären, aber Erklärungen klingen wie Vorwürfe. Im Mai, Juni, hast du mir lange Briefe geschrieben, du warst da, auf den Seiten. Aber man sollte niemanden dazu zwingen, da, auf den Seiten zu sein. Und wenn du erst einmal hinter dem Steuer sitzt, mußt du dich beeilen, als es mir schließlich gelungen war, Verbindung aufzunehmen, warst du in Venedig, und da, nicht wahr, in deinem tiefsten Innern, wolltest du mich nicht haben, und ich hatte auch gar keine Absicht zu kommen, teuer wie Venedig ist, ich dachte, wir könnten uns zum Mittagessen treffen, du wärst sowieso gerade in der Nähe gewesen, und ich hätte hinkommen können, um dich zum Mittag zu treffen, wie dumm von mir, ich hatte mir sogar schon überlegt, wo wir essen könnten, draußen oder drinnen. Du wolltest deine Reise nicht unterbrechen, es war dir gar nicht in den Sinn gekommen, oder, daß die Gelegenheit da war, du zogst es gar

nicht in Erwägung, mich zu treffen, an deinem letzten Abend war es dann zu spät dazu, ich hatte alles versucht, dich schon vorher in Venedig zu erwischen, aber keiner interessiert sich für Nachrichten, die im Sand verlaufen. Ich dachte, du hinter dem Steuer mußt dich beeilen, ahnte nichts. Es dämmerte langsam. Als wenn es irgendeinen Verdruß gegeben hätte, so empfand ich das. Wie ungerecht. Ich seh mir deine Briefe an und bin traurig. Die Verbind zwischen uns etwas Wertvolles. Ich BIN rührselig. Schwer auszumachen, bei einer Freundschaft, was sie angekratzt hat. Du liest meine Briefe nicht mehr, was ich dir schon im Brief mitgeteilt habe, kommt als Überraschung. Ich erstarre angesichts dieser zurückgenommenen Fröhlichkeit.
Weil ich tolldreist bin, deshalb.
Kein Mensch kann sagen, ob Schweigen besser ist.
Widerlich, diese Berechnung, aber wenn wir wollen, daß der andere froh und glückl und zufr bleibt, dann können wir nur besprechen, was angenehm ist, und nicht die heiklen Sachen, wir sind ein Haufen Speichellecker, und die Reaktion auf die weniger heiklen Dinge wird reich belohnt, wir wiederum blühen auf, und so weiter, und immer weiter. Oder wir beugen uns vor, im Augenblick, wo der andere sich zurücklehnt, ich hab meine ganz eigenen Gründe, mich zurückzulehnen, ein innerer Schauer, ich nehme die Umarmung wahr und bin gelähmt, verkrüppelt und endlos unglücklich darüber, während der, der sich vorgebeugt hat, vielleicht etwas Verlorenes sieht, ein für alle Mal, man kann sich nicht ständig nach vorne beugen, und wir alle fühlen uns erstarrt, vielleicht noch einsamer. Wir sind nicht ausreichend gewappnet gegen das, was sich kaum bemerkbar macht, ehe wir uns versehen, ist es vorüber. Wir tappen im Dunkeln. Das Subjektive versteht man immer, oder, ist doch so. Wenn man drüber nachdenkt. Trotzdem erwarten wir von anderen, daß sie die Dinge nicht falsch verstehen. Bis es schließlich dahin kommt, ist es, als ob einem ein außerordentlicher Freiraum gewährt würde, man wird nicht mißverstanden, niemand ist gekränkt oder nimmt Anstoß, kleinere Verfehlungen betreffend Höflichkeit, Charakter, Konzentration, werden einem nachgesehen, man kann nicht ständig konzentriert sein, das

versteht jeder, und dann, ohne Vorwarnung, so scheint es jedenfalls, wird einem der Freiraum weggezogen wie der Teppich unter den Füßen, man wird von einer Person, der unverletzbarer Freiraum zugebilligt wird, zu einer weniger grata, man muß all seinen Mut zusammennehmen, aber zu spät, irgendetwas hat einen dazu verleitet, die Warnsignale zu ignorieren, man schenkt ihnen einfach keinen Glauben, man versucht immer wieder, vorbeizusehen, und man schafft es nicht, wird unbeholfener, ärgert sich, daß sie nicht zu übersehen sind. Oder du schimpfst, daß alles dasselbe ist, weiß niemand so genau, bist du entsetzt, daß ich das dachte.

Ich gebe den Alpträumen die Schuld. Wenn wir in Träumen nicht diese tiefen Enttäuschungen durchmachten, und diese Art der Ungerechtigkeit, wenn wir in den vielen Reisen unserer Träume nicht solche Schwierigkeiten hätten, einander zu finden, dann wären wir vielleicht bei hellem Tageslicht nicht so außer uns, es ist die Erinnerung an das, was in den Träumen passiert, die uns verfolgt, sie hämmert immer weiter auf uns ein, kein Wunder. Mich beschleicht der entsetzliche Gedanke, wir suchen die trostlose Einsamkeit, wir halten sie für schön, wir bemühen uns direkt um sie, nolens volens, trostlose Einsamkeit im Innern und um uns herum. Das könnte die Erklärung sein. Es gibt sicher eine Erkl. Dann können wir nur in aller Stille auf unserem Hintern sitzen und versuchen, nicht vor uns hin zu strrn.

Zu starren.

## Das Loch im Himmel

In einem Garten machen sie sich wirklich prächtig, sind sie bitter, ich glaube schon, warum wachsen sie so gut auf Möbeln, warum wollen die Möbel, daß so bittre Blätter auf ihnen wachsen? Ich hoffe, du hast dich nicht auf Rosinenbrot mit Marmelade gefreut. Ich habe Mandelhörnchen gemacht, sie sind ein wenig flach geraten, macht nichts, eh. Ich glaube, er hat gesagt, ich sollte an einem feuchten Ort leben, wo die Nebelschwaden nicht vor der Tür haltmachen, ja, & tränenreicher Fungus die Kellerwände hochkriecht, oder sich auf dem Dach einnistet, weiße Dämpfe still über den Wiesen schweben. Er fragte sich, was um alles in der Welt mache ich in einem fremden Land, warum mußtest du mich unbedingt mitschleppen, in der ach so schönen Luft kann ich am allerwenigsten atmen, meine Lungen sind Feuchtigkeit gewöhnt. Ich mußte den Schnee hereinwehen lassen, nur für ihn, Winterstürme, nasse, wir machen die Fenster auf, alle Heizkörper sind abgestellt, die Rohre allein versorgen uns mit weit mehr, als wir gewohnt sind, er hat sich vor Leid gekrümmt, hat gestöhnt und geächzt, wenn ich ihn angefaßt habe, wenn du ihn anfaßt, wird er's nicht tun, ich sag dir, warum, wenn dir kalt war, habe ich es uns wärmer gemacht & ihm gesagt, wir müßten Rücksicht nehmen.
Das ist wahrscheinlich das letzte, was uns an Verantwortung noch bleibt, wenn keine Tiere mehr da sind & das Leben ziemlich unwirklich geworden ist, findest du nicht. Ein Loch im Himmel? Man rasiert sich nicht damit. Wird immer dünner. Daß sich das Holz verbiegt, erschreckt mich. Die sind alt, aber viel breiter, die hier neu, nicht geladen. Ich habe heute nacht geträumt, ich müßte mein Lieblingspferd halten, als es erschossen wurde. Der Deckel war nie so. Er hat sich verbogen, war ganz aus der Form. Ich weiß, jetzt ist er flach, ich erkläre bloß. Selbst bei einem Tier, das man nicht mag, ist man von solchen Pflichten nicht entbunden, bei Möbeln ist das nicht so selbstverständlich.

Müßte eigentlich alle Krümmungen und Verzerrungen längst hinter sich haben, c. 1770, 1800. Viel zu beschädigt & mitgenommen und bäuerlich um so genannt zu werden, so sehe ich das, nicht schön – eher lieb und teuer, ich habe ihn mein Leben lang betrachtet. Irgendein ungehobelter Bursche hat einmal drauf rumgehackt & Akanthusblätter gemacht, dann kamen noch wildere Gestalten & haben die Astlöcher zugestopft & barbarische Scharniere angeschraubt, die alten gingen kaputt, 1812 hat irgendeine Frau Zeitungspapier unter den Deckel geklebt, als sie ihren Kleister anrührte, lebten Beeth. & Hölder. & Goethe, & rohe kleine Würmer haben ihn da angegriffen, wo Würmer nichts zu suchen haben, haben eine winzige Welt aus Eiche zu Staub gemacht, weil das leichter ist als sich ganz durchbohren, sie durchlöchern winzige Welten & geben sie auf, erschöpft, sterben aus eigenem Antrieb, emigrieren oder werden verfolgt bis zur Vernichtung, die Menschen haben ihn hin und her geschleppt, die ganze Würmerwelt, er sieht ein wenig verloren aus, er hat das Herz eines englischen Ochsen, aber wo ist England, er kann sprechen, weil er mich kennt, manchmal sprechen Möbelstücke mit einem Fremden. Ich sagte zu ihm, du hättest mich nicht in dein Ochsen-Herz schließen sollen, denn ich bin unbeständig. Zu mir sagte er, ich würde gerne die Sonne auf- & untergehen sehen, Tag für Tag, bevor ich auseinanderfalle, & nicht von großen Gebäuden umschlossen werden, das mit der Sonne ist eine knifflige Frage, wir sind in den schönsten Straßen gelandet, aber keiner von uns beiden ist ein Straßen-Mensch, wir mögen Ruhe & einen Freiraum für uns & unsere Lebensgeister schwinden bei Straßenlärm, er kommt vom Lande & redet davon, daß er bald für immer Schluß machen will, & er muß mit mir leben, gezwungen, solange in der Ecke zu stehen. Oh, es wäre mir viel zu unangenehm, mich vor aller Augen hineinzusetzen, so wie es andere ohne weiteres können!
Ich hab zu ihm gesagt, steck deine Nase lieber in ein Buch, du entwickelst dich zu einem ständigen Nörgler. Bin ich eigentlich nicht, ich habe kein Zuhause, wir gehören nicht dazu. Ich glaube, er hat mir gesagt, er sei müde, seine Kameraden sind nicht mehr da, alle verloren, verkauft oder verschenkt, vielleicht macht er mir das zum Vorwurf,

wir geben eine traurige Figur ab, sagte ich. Ich sehe keine Hoffnung für uns, absolut keine, es ist ein fürchterlicher Augenblick, wenn man erkennen muß, daß es nicht geht, auf dem falschen Weg ist, sich verrannt hat, unwiederbringlich, das ganze Leben irgendwie nicht mehr geht und alles wie Unachtsamkeit aussieht. Er wollte in Erinnerung an Durchzug & rauchende Feuer & Frostbeulen schwelgen, & ich mußte gehen, durch Schnee, Wälder, über dickes Eis, viel dicker als sein Deckel, ich mußte die Bäume sehen & ihr Ausharren in Totenstille, & die Spuren der Vögel, nicht angeschmutzt, nicht zermatscht, wo sie hinführten, daß sie tatsächlich irgendwo hinführen, er sagte nicht viel, als ich zurückkam, grummelte etwas vor sich hin, wenn ich ihn berührte, quietschte er, er konnte nicht mitkommen, natürlich nicht, er mußte allein bleiben, er streckt nicht die Beine von sich, es ist nicht fair, ich kann es nicht ändern. Man kann nie sicher sein, es jemals wiederzufinden, egal, was, der Schnee, die Schwäne, die Wälder, die Spuren der Tiere & Vögel, auch wenn es wirklich da zu sein scheint, nur für die Dauer eines Moments kann man sicher sein, daß man geliebt wird, ganz, ganz sicher, es läuft alles auf Momente hinaus, sehr unstet, auch für uns, hab ich ihm gesagt. Er war einsam. Ich sagte, aus Einsamkeit kann man was machen. Ich mußte so offen zu ihm sein, weil das, wonach er Heimweh hat, nie mehr wiederkommt.
Das Eis auf der Havel ist ruckelig. Im Sommer gehen wir dann in den Wald & sehen nach, wo meine Samen aufgegangen sind, in der Wildnis, und ich werde sagen, da ist mein Garten, meine Wicken, aus England rausgeschmuggelt, mein Himalaya-Springkraut, ich werde eine Clematis montana + Kalkdünger-Klumpen pflanzen, & alte Rosen, du könntest dich runterbeugen und dran riechen. Auf entsetzlich langweilige Art wird man so langsam verrückt. Ich frage mich, ob Himalaya-Springkraut die Kraft hat, in den Osten zu springen.
Er hat nichts mehr gesagt, seitdem ich ihm die Intensivpflege verpaßt habe, Hunnen-Salbe, der Deckel sitzt richtig, er ist längst nicht mehr so verzogen. Vielleicht erkenne ich meine Sachen gar nicht wieder, wenn sie alle einheitlich glänzen, ohne Staub und Wachs. Um seine traurige Lage noch zu verschlimmern, mußte er sein Geschlecht än-

dern, als wir kamen, wir sitzen, jeder für sich umwölkt, und sehen zu, wie die Sonne das Gebäude gegenüber überflutet, sie murmelt nicht, man würde nicht ahnen, daß er all die Jahre mit mir zusammengelebt hat, ich glaube, ich pfeife nicht mehr, wir freuen uns über einen Sonnenstrahl, der 14, 15 Minuten auf die Einfassung des nördlichsten Fensters fällt. Ich sage zu ihr, im Sommer werden wir froh sein, wenn wir nicht gekocht werden. Sie stöhnt nicht mehr, danke, und jetzt zu deinem Loch im Himmel?

## Pfropfen

Wenn Mohn anfängt, sich selbst auf dem Rhabarber auszusäen, ziehst du ihn raus. Ich nehme an, du pflückst deine Wicken? Aber sie wollen eigentlich blühen, und blühen, sie sind nicht knausrig mit ihren Blüten und Schoten, du durchkreuzt ihre Pläne, du läßt sie nicht ihren eigenen Samen ausstreuen, du kaufst neuen, obwohl Wicken, wenn sie nicht zum Frisör gehen, sehr schön aussehen. Du denkst mit deinen Augen, und deine Augen sind ideologisch erzogen.
Im Tierpark haben sie mehr Platz.
Ist es wirklich so sehr eine Frage der Ästhetik? Oder des Verstehens? Schoten mit Samen sind ein ebenso angenehmer Anblick wie Blumen, du beguckst dir Schoten oder ihren Samen wahrscheinlich entweder nachsichtig oder leicht verwirrt und hebst die schönsten für einen Herbststrauß auf. Wenn eine Pflanze erst mal geblüht hat, sagen wir, sie ist verblüht. Verblüht!
Wie müssen sie sich danach sehnen, endlich die Beine ausstrecken zu können.
Du bist dir ganz sicher, nicht wahr, welche Unkraut sind, du reißt die Sachen aus, ohne den leisesten Skrupel, und wirst dafür auch noch gelobt. Stattdessen sollte vielleicht lieber die Natur für ihren Erfindungsreichtum gelobt werden. Aber nein, der Besuch kommt in den Garten und gratuliert dem Gärtner.
Sie sind so ruhig.
Große Stille, die Vögel singen nicht, es ist, als gäbe es keine Vögel. Keine Spuren.
Im Frühling brüllen sie mehr?
Die Kälte packt auch sie.
Es ist warm im Elefantenhaus, und wir können uns hinsetzen, oder werden wir dann traurig. Du hackst ein Brombeergestrüpp weg, weil es eine Brombeere ist, du läßt es gar nicht erst Früchte tragen. Ich vermute, du pflegst deine Gartengeräte mit peinlicher Sorgfalt. Du ver-

gißt niemals, deinen Spaten zu reinigen. Du streichst vielleicht sogar deine Schubkarre von innen.
Ist dir aufgefallen, wie Gartenarbeit, ihre Methoden, Leidenschaften erzeugt? Die Leute leiden Höllenqualen, wenn sich eine Erdbeere undiszipliniert benimmt oder das Gewächshaus nicht ausgefegt ist, sie empfinden irgendwo bei sich selbst, was sie in einem fremden Garten sehen. Sie machen sich das nicht klar, aber es regt sie genauso auf wie z.B. ein Pony mit einem Halfter, in dem es sich wund reibt. Aber wozu Sauberkeit, wozu Ordnung, was besänftigt das in uns, was bringt uns zu der irrsinnigen Annahme, Gras möchte gerne mit scharfer Kante aufhören? Es stimmt nicht, daß eine unregelmäßige Kante schwer instandzuhalten sei.
Wenn ein Strauch über einen Weg wächst, beschneidest du ihn, du möchtest schließlich da gehen, wo du immer gehst. Du könntest den Weg auch umleiten und den Strauch in Frieden lassen. Muß uns ein Garten zu Diensten sein, oder könnten wir nicht vielleicht manchmal ihm zu Diensten sein, wenn wir nur hören könnten, der Garten wüßte von unseren Händen guten Gebrauch zu machen, ein Garten hat keine Hände, wir ja, und wir fummeln überall dazwischen. Es gibt noch immer das eine oder andere, was wir lernen könnten, trotzdem gehen wir davon aus, daß der Garten uns nichts beibringen kann, uns nicht überraschen kann, uns verdammten Besserwissern unterworfen ist, wir belügen und betrügen ihn, ringen ihm heroische Leistungen ab, weit mehr, als uns zustehen, die Leute verlieren alle Moral in einem Garten, besonders in ihrem eigenen.
Beschnitten?
Wenn beschnitten keine gefalteten Flügel.
Warum Möwen? Was haben sie mit den Kranichen und Möwen gemacht, damit sie nicht wegfliegen?
Aber nur jemand, der solchen Dingen nicht auf den Grund geht, kann sich unbekümmert an die Gartenarbeit machen.
Zum Himmel geöffnet, so stehen sie hinter ihren Namen und Bildern.
Wären wir rosa, sollten wir?
Wenn also ein Garten eine private Welt für seinen Gärtner ist, ein

Garten nach seiner Vorstellung, so wird wahrscheinlich anderen der Spaß daran ein wenig verdorben, es ärgert sie, daß sie sich nicht frei darin bewegen, arrogant oder unterwürfig den Weg entlang laufen können, es sieht aus, als sei er egoistisch, wenn auch die anderen dort oder an seinen Rändern leben müssen. Die meisten Leute erwarten, daß ein Garten zu ihren Diensten steht, den Garten stören Huckel und Buckel nicht, aber ihre Zehen werden verletzt, sie können das nicht verstehen, sieht aus wie böse Absicht.
Du tust das für dich, Zehen interessieren dich nicht.
Wir können dem Impuls, uns als geschickt zu erweisen, nicht widerstehen, alles, was wir berühren, und wir berühren alles, alles, woran unsere Augen sich weiden, wird bearbeitet, keineswegs von Herz zu Herz. Wir sind nun mal so viele, daran läßt sich nichts ändern, aber ich bin nicht sicher, ob wir stolz darauf sein sollten. Die Motive sind suspekt. Ich frage mich, ob nicht einzig die Pflanzen und Blumen wissen, was schön ist. Für Blumen in einem gewöhnlichen Garten, eingepfercht wie sie sind, ist es wahrscheinlich, als müßte man jeden Tag zum Frisör und in Lockenwicklern herumsitzen, ja, noch damit schlafen. Vielleicht sind wir vermessen, in unserer Bändigungswut, unserem Hantieren mit der Baumschere, wer weiß, wir können nicht fragen. Wir sind es gewöhnt, der Natur Wille und Vorstellung aufzudrängen und unseresgleichen zu beeindrucken, weil es auch ihre Vorstellung ist. Wenn du dich darüber aufregst, daß deine Rosen nicht richtig beschnitten worden sind, wie kannst du wissen, ob sie das mögen, du vermutest es, Gartenarbeit im landläufigen Sinn ist ein System gelernter Reaktionen. Erzwungener Blüten! Allerlei Anleitungen zur Gartenbaukunst kommen daher mit Sachen aus der Baumschule, wenn man die Blumen allerdings sich selber überläßt, wachsen sie da, wo sie nicht sollen, sie haben Mumm. Die Leute glauben, Pflanzen wüchsen immer an derselben Stelle, Pflanzen säen sich selbst aus und quartieren sich anderswo ein und sterben dort aus, wo sie vorher waren. Du bist unruhig? Warum müssen Kohlköpfe in Reihen wachsen, warum dürfen sie sich nicht dahinpflanzen, wo sie selber stehen möchten, auch wenn das bedeutet, sie bringen Ungeziefer mit

sich, die sich an das andere Gemüse ranmachen, so daß es umkippt, warum sollten Kohlköpfe kein nützliches Leben führen, wo sie es doch können, sie produzieren weiches Grünzeug für die Küche, lange nachdem ihnen die Köpfe abgeschlagen sind, und ihr gelbes Mittelteil ist ein schöner Anblick. Deine neue Hecke, will sie lieber im Zaum gehalten, zweimal im Jahr gestutzt werden, oder üppig und prächtig wuchern, bis sie, zu voller Pracht herangewachsen, gekappt werden muß, um Licht auf die armen Menschen zu werfen, die in ihrem Schatten schlapp machen, um ein wie bei lebendigem Leibe gerupftes Huhn auszusehen, bis sie sich schütteln muß und wieder erholen, langsam, und weitere werden abgeholzt. Ihr Unglück war, von einem Menschen gepflanzt worden zu sein, der die Absicht hatte, sie zu unterdrücken. Ich weiß nicht. *Du weißt es auch nicht, auch wenn du meinst.* Es hätte dir weh getan, hättest du die jungen Apfelbäume in meinem Garten gesehen, gesehen, wie schief sie sind, manche dürfen ohne Stütze leben, wir lassen außer acht, daß sie auf einen elenden Stamm aufgepfropft sind, meine Unfreundlichkeit jungen Obstbäumen gegenüber ist in deinen Augen verrückt. Eine Löwin schlägt gegen ihre Trennwand. Natürlich kann sich der Boden nicht von selber aus dem Nichts regenerieren, ohne Hilfe, es sei denn, ein Fluß ändert seine Gewohnheiten oder die Jahrhunderte haben ihre große Hand im Spiel, aber vielleicht hätte man ihn erst gar nicht derart auslaugen und zur Erschöpfung treiben sollen. Du steckst deine Hand in einen netten Sack, voller Übermut, du schmückst dich selbst mit dem Ergebnis, du bist faul, du hast für Mist nichts übrig, dennoch kann man das, für Mist etwas übrig haben. Alles, was wir sagen können, ist, wenn ein anarchistischer Garten nicht das Wahre ist, ein gepflegter Ziergarten ist es auch nicht.

Einsamkeit oder Langeweile, oder beides.

Ist man gezwungen, der Natur zu befehlen, damit man nicht eigensüchtig erscheint?

Ich fürchte, nach 14 Uhr bekommt man nur noch Kännchen.

Was hattet ihr denn zu Hause, Besenginster?, Besenginster muß umgebracht werden, weil es davon zu viel gibt, und er drängelt und er-

stickt, gräbst du dann, für die kleineren Triebe, die heil gerettet werden können, 20 Löcher, an einer Stelle, wo sie nichts anrichten können, Löcher, nicht perfekt gegraben, hastig eher, schwitzend, bei beschwerlichen Arbeiten ist man immer in Eile, und pflanzt den Ginster, nicht sonderlich perfekt, aber immerhin mit einer Lebenschance für jeden einzelnen Ginstertrieb, wenn er sie annimmt, oder gräbst diese Löcher, fein säuberlich, jedenfalls drei Löcher, und pflanzt drei Ginstertriebe, und sie können das absolut nicht leiden, verpflanzt zu werden, sie haben zu schwere Körper, der Wind faßt zu leicht ihre Wurzeln, drei, und wirfst den Rest, all diese Ginster-Leben, auf den Scheiterhaufen ins Feuer? Ja, das tust du?, warum? Oder gibst du dir Mühe, zu retten, was zu retten ist, hackst du die wirklich toten Teile ab, so daß sie verbrannt werden können, so als wärst du ihnen das schuldig, sie zu etwas nütze sein zu lassen, zu Asche werden zu lassen, Nahrung für den Boden?
Ich mache mich nicht lustig, du auch nicht, der Garten macht sich über uns lustig, selbst dann noch, wenn wir ihn zugrunde richten.
Blumen haben kein Gespür für Gefahr. Sie strecken sich dem Licht und Wasser entgegen, aber vor Unkraut, vor uns nehmen sie sich nicht in acht, sie bleiben ganz still stehen und lassen sich erwürgen und abschneiden, und in die Dunkelheit ihres innersten Zuhause tastet sich die Gemeine Quecke, oder ein Maulwurf, andere Begierden. Wir sollten nicht fragen, wozu ist ein Gefühl für Schönheit gut, eher, was nützt ein Gefühl für Gefahr, Blumen kommen sehr gut ohne zurecht, und mit unseren erleben wir lauter kleine Formen des Überlebens.
Überleg dir mal, wie sich ein Baum benimmt, der kurz davor steht, gefällt zu werden und ahnt es nicht, wie die Axt schon saust, und das erste Kreischen der Säge zu hören ist. Hätten wir doch nur ein Bruchteil jener Anmut!
Du willst gar nicht?
Blumen spüren keine Enttäuschung, keine Angst, sie haben offensichtlich keine Träume, träumen überhaupt nicht. Heiter, verschlungen, wachsend, abgeschnitten. Aber sie sprechen, mit kleinen Stimmen, sie hören, mit kleinen Ohren. Die Jäger und die Gejagten, sie

träumen, sie träumen ihren entsetzlichen Geisteszustand. Eine Blume lächelt noch in einem Kuhmagen, versteht nichts von Verdauungssäften, man sollte ruhig zugeben, daß Blumen recht beschränkt sind. Die Samen werden aus dem Hinterteil der Kuh kommen, wenn sie reif sind, und auf die Erde fallen, und vielleicht ahnt die Blume etwas davon, wenn sie lächelt. Trotzdem haben sie Individualität, dumm zu glauben, man könne nicht eine Blume von einer anderen gleicher Sorte unterscheiden, sie sind einander nicht mehr oder weniger ähnlich als Finken eines Geleges oder junge Hunde aus einem Wurf. Du runzelst die Stirn?

Und wenn wir uns einer gewissen Pflanze verbunden fühlen können, nicht, weil sie am schönsten aussieht, so lange, wie sie mit uns leben mag, dann werden wir selber vielleicht auch ein wenig erwachsener, wir können sagen, dies ist die Nelkenwurz in unserem Beet, zufällig ist sie die einzige Nelkenwurz, sie hat ihren ausgefallenen Namen, sie ist eine Nelkenwurz mit rötlichen Blütenblättern, sie hat sich fünf Jahre ausgeruht und sieht uns jetzt wieder frisch an, wie wohltuend, eine Nelkenwurz ist keine teure Pflanze, man könnte sie herausreißen und besser kaufen, aber wenn einige andere Nelkenwurze aus dem Treibhaus dazukommen, weil diese als konstruierte Nelkenwurz wahrscheinlich ihre Fähigkeit verloren hat, Freunde zu gewinnen, dann werden sie ihr Gesellschaft leisten können.

Und die Mutter gebären, bis ihre Bäuche zu faulen anfangen, in deiner Gesellschaft, in unserer, eine Tradition intakter Männchen und seltener Weibchen.

Das weiß nicht, wo es hin soll, wirklich wahr.

Verarztete Männchen, verarztete Blumen, beide von uns ihres Dufts beraubt!

Unser Gespür für Enttäuschungen ist komisch, wir sind so verletzt, wir kommen uns gegenseitig in die Quere, auch unsichtbar, der Anblick einer Elster verdirbt einem in England den ganzen Tag, ich glaube nicht, daß es den Blumen genauso geht, wir sind belastet mit einer ganzen Menge sinnloser Gefühle, ohne die wir hübscher wären, wir sind ziemlich dämlich und wursteln trotzdem weiter.

Tumult in der Budapesterstr.
Sirenen!
Sie leben in Klangfeldern. Daß die Musik polyphon sein kann, ist kein Grund, ihr nicht zuzuhören.
Blumen tun das.
Immer noch nicht abgeklungen.
Träumen wir das Verschwinden unserer Welt, ihrer verdorbenen Wangen, beschmutzten Blütenpracht, seit dem 13. Jahrhundert haben wir geglaubt, wir könnten unseren Finger darauf legen, mit unseren eigenen Augen sehen wir dort Häuser, wo früher einmal ungebändigtes Moor war, Gifte, keine Forellen, schwimmen in den Strömen, Bäume sterben, tief in uns fühlen wir, daß Anmut, Freundlichkeit, Freude, verschwunden sind, wir leben weiter in nicht wiederzuerkennender Umgebung, umgeben von nicht wiederzuerkennenden Menschen, 8 Jahrhunderte lang schon haben wir's im Gefühl, *ein bißchen lächerlich, nicht wahr?* Ist es nur ein verrückter Traum? Oder ist es wahr, bekommt die kleine Erde keine Luft mehr.
Vielleicht müssen wir dann also vergessen, mag sein, daß es eine Illusion ist, alles, was wir begreifen, sagt uns sehr eindringlich nein, es ist keine.
Draußen ist es ruhig. Ein Adler schreit. Du bist still!
Warum können wir träumen, zu welchem Zweck, wozu nutzen Träume einem Hund? Ich frage mich, ob Hunde von Hunden träumen, die tot sind, von Menschen, die sie geliebt haben, wir vermuten, sie träumen von der Jagd, weil das alles ist, was wir sehen können. Oh, hinter aller Chemie. Ich frage mich, ob Tiere, auch wenn sie träumen, unseren Trick kennen, an einem Ort zu sein, wo wir in Wirklichkeit nicht sind, das bezweifle ich. Menschen sind nicht stets an derselben Stelle. Mir will nicht aus dem Kopf, daß man einsam wird, wenn man tot ist. Ich träume Nacht für Nacht von meinen Hunden, ich sehe sie in verschiedenen Nächten, und es tut weh, zu sehen wie sie sich freuen bei meinem Anblick, getrennt, wie sie sind, eingesperrt. Das ist albern, wenn ich mit diesem Gedanken sterbe, nehme ich ihn vielleicht zu wörtlich mit mir. Wie mag es für einen Elefanten sein, wenn er im

Zoo stirbt, oder ein Nilpferd, und in einem Haus, Schnee vor der Tür. Und, wenn der Himmel eine Idee ist, genährt von Unmengen fruchtbarer Vorstellungen, der Blasebalg unten, und wenn unsere Welt zuende geht, müssen dann alle aus dem Himmel fallen?
Niemand würde vom Himmel sprechen, wenn er daran glaubt, oder an irgendwas von der Art!
Aber wir werden immer damit weiter machen. Keiner von uns weiß genug über die Tiere des Dschungels, um das zu beurteilen.
Ist das Leuchten ihrer Felle und ihres Gefieders Täuschung?
Ich bin deprimiert, du auch?, sollen wir gehen, warum sind wir überhaupt gekommen?
Mein Garten ist ganz und gar abgeschnitten von mir, wahrscheinlich werden wir auseinanderwachsen und einander vermissen. Ich hätte alles aufgegeben, wenn ich nur hätte bleiben dürfen. Ja, manchmal glaube ich, das stimmt. Es war schließlich sowieso eine Art besonderes Geschenk. Man muß nicht unbedingt so unglücklich sein, ich konnte meinen Mund nicht halten, völlige Redefreiheit gibt es nirgends.
Sagen wir, nicht wahr, wir machen noch, jeder für sich, einen letzten Spaziergang durch unsere Gärten, statt auf diesen Wegen und Einfassungen, unsere Blumenbeete, Büsche, Bäume und Gras, auch wenn wir nicht für uns sein können und keine Gärten besitzen.
Im Winter, wenn die Bäume und Grashalme steif werden vom Frost, und der eigene Atem weiß, und man die Vögel füttert, die Amseln, die Heckenbraunellen, das Blaumeisenpärchen, die Buchfinken, und man denkt, ich habe die Vögel gefüttert, man geht weiter, weiter, zum Wasserlauf, immer noch im eigenen Garten, hinter einem dieser seltsame Klang, des Festmahls, von Federn in der Luft, und man entdeckt, zusammengedrängt auf Ästen, den eigenen, froststeifen Ästen, Blaumeise, Buchfink, das Amselpärchen, Heckenbraunelle, sie hungern, sie müssen zuhören. Sie sind ohne Bewegung. Sie sehen einen an. Jede Vermutung ist schrecklich.

**Luigi Malerba Wahrhaftige Gespenster**

Geschichten

Eine Sammlung unterhaltender, fantastischer Geschichten des großen und weisen Ironikers der italienischen Literatur: Eine Einführung in den Alltag unserer Besessenheit und in die kunstvollen Hirngespinste Malerbas – feingesponnen und doch fesselnd.

Aus dem Italienischen von Sigrid Vagt und anderen
*SALTO*. Rotes Leinen. 96 Seiten

**Giorgio Manganelli Irrläufe**

Hundert Romane in Pillenform

Es werden hundert höchst unterhaltsame Romane erzählt (mit Mord und Totschlag, Lug und Trug – wie es sich für Romane gehört) und gleichzeitig in einer Art künstlerischem Zirkus hunderterlei Erzähl- und Darstellungsweisen vorgeführt, selbstverständlich auch noch mit sehr unterschiedlichem Personal. – Und doch Romane in der kürzesten Form. Eine Pille genügt, den Leser in den Rauschzustand der fortspinnenden Phantasie zu versetzen.

Aus dem Italienischen von Iris Schnebel-Kaschnitz
mit Zeichnungen von Tullio Pericoli
*SALTO*. Rotes Leinen. 144 Seiten

**Robert Pinget Der Feind**

Wenn es einen Helden gibt in diesem Roman, dann das Stimmengewirr einer französischen Provinzstadt, deren Bewohner leidenschaftlich der üblen Nachrede verfallen sind. Sie kommentieren ein nicht abreißendes Defilé von Besuchern, die in wechselnden Verkleidungen um ein großes Haus und seinen merkwürdigen Bewohner streichen.

Aus dem Französischen von Gerda Scheffel
Quartheft 164. 144 Seiten